集英社文庫

孔　雀　狂　想　曲

北　森　　鴻

集 英 社 版

孔雀狂想曲　目次

孔雀狂想曲

ベトナム ジッポー・1967

（一）

眠っているようだと、いわれることがよくある。

わたし自身もわたしの店も、である。

眠り猫のように目が細いのは親の遺伝子のせいであるし、わが愛すべき《趣味骨董・雅蘭《がらん》堂《どう》》が、下北沢という絶好のロケーションにありながら暇なのは、少々駅から離れすぎているのと、完全なる住宅地の、しかもひどく目立たない路地の片隅にあるためであって、これはだれを責めることもできない。ましてや平日の午後、まだ早い時間ともなるとわたしの店を訪れる客など皆無といってよい。だからといって本当に眠っていていいのかと問い詰められると「違う」と答えるしかないのだが、とにかくその日、その時間にわたしは店の奥のレジスターの前で、白川夜船を漕いでいた。

ただし、どれほど熟睡していても、店舗の経営者であることを忘れることはない。ことに〝その手の気配〟について鈍感であるということは、すなわち店を切り盛りする資格がないということだ。忍び寄るような足音、吐く息にさえ注意しているかのような緊張の匂い、産まれたばかりの子犬を愛でるようなささやかな指遣い。そしてことりという物音。息を呑むと同時に鳴った、喉《のど》の蠕動音《ぜんどうおん》。剣呑な展開になるのは御免だが、かといって大事な子供である店の商品を、誘拐同然に運び去ろうとする者を許しておくわけにもいかない。気配の主が行動を完了させる前に、わたしは、

「お探し物ですか」

と声をかけた。同時に——開けているのかいないのかよくわからないといわれる——目を見開いて、気配の主を見た。

——……!?

トレーニングウェアの上下を着たその姿に、わたしは面食らってしまった。ティーンエイジャーにしか見えない少女、たぶん高校生であろうその姿は、この店にはあまりに不釣り合いで、唐突な感じさえした。わたしが眠っているのをいいことに、ショーケースの落とし金を密《ひそ》かに開けようとしていたその指で、

「あ、あっ、アノッ……これなんだけれど」

少女が指差す商品が、さらにわたしを困惑させた。

雅蘭堂は「骨董」の看板を掲げてはいるものの、店内に美術品の類《たぐい》はほとんどない。むしろ古道具屋といったほうが正しいのだが、店を立ち上げるとき「ほんの祝いだ」と兄がよこした特注の檜《ひのき》の看板に「趣味骨董」の文字が入っていたから、仕方なしに使わせてもらっている。ついでにいうと看板には「店主・越名集治《こしなしゅうじ》」とわたしの名前が大書されていて、目をやるたびに脇の下に冷たいものが流れる。店主と威張れるほどの店ではないし、扱っている

のもオールドテイストの強い道具や家具、古民具がほとんどだ。

少女が指差していたのは、古いジッポーライターだった。三行ほどの英文とエンブレムとが手彫りされている、鈍色《にびいろ》のジッポーである。

「これをお求めですか」

「いっ、いいえ、値段はいくらぐらいかなあと思って」

「ふーん、ジッポーがお好きなのですか」

少女がうつむいたまま動かなくなった。雅蘭堂の商品にはすべて値段がついていない。どんな商品にも相場が存在していて、あとは仕入れ値と売り値の差額をどう大きくするかがこうした店の主人の腕の見せ所なのだろうが、どうもそれだけではないというのが、店主の皆が一様に口にする言葉でもある。金を出す出さないの次元とは別に、「商品がその人間に買われたがっているか否か」をきちんと読み取らなければ、この世界で一人前を名乗ってはいけないともいわれる。

ティーンエイジャーの少女に古いジッポーライターは、あまりに似合わない。商品が買われて喜ぶとも思えなかった。ましてやこのライターに限っては、である。

――あれ、この少女は確か……。

ゆで卵を思わせる柔らかな顔の輪郭に、見覚えがあった。

数週間前の日曜日のことだ。同じ少女が連れとともに店にやってきたことを思い出すと、記憶は芋蔓式《いもづるしき》に少女の連れが七十過ぎの老人であったこと、老人がショーケースの前で、雷にでも打たれたように立ちすくんでいたことなどの情報をわたしに告げた。少女の顔を見ながら、わたしはいった。

「もしかしたら、プレゼントですか」

「はい。アノ……それでこのライターはいくらなのですか」

「プレゼントですか。人に贈るものを邪《よこしま》な手段で手に入れようとするのは、どうも気に入らないな」

　声の質まで変わっていたかもしれない。わたしの言葉がよほど徹《こた》えたのか、少女ははっきりとわかるほどに顔色を変え、うつむき、そして小さな舌打ちとともに開き直った表情を見せた。

「別に、まだなにもしていないじゃない」

「しようとしていた。わたしが居眠りをしているのを見て、きみはショーケースを開けようとしていた」

「そっ、それは……でもまだあたしはなにもしてやしないもん」

「ともかく。このライターはきみが持つにはふさわしくない」

「あたしが持つなんていっていないって。あたしはお祖父ちゃんにあのライターを贈ってあげたいだけなの。そんなこと、あんたには関係ないし、お金だってちゃんと払うといっているんだから」

「帰りなさい。きみが買う商品は、この店にはない」

それでもなにかいいたげな少女にわたしは背を向けた。とたんにレジスターを載せた机を蹴り飛ばす盛大な音と、スニーカーが乱暴な足取りで立ち去る音とが続いて耳に入った。

——少し、いいすぎたか。

わたしは彼女にこのライターをどうしても売る気にはなれなかった。もしかしたら、このライターを見て立ちすくんだあの老人も、これを手に入れることを望んでいないのではないか、とも思った。それを告げたところで、彼女が理解するとは考えづらい。

少女が手に入れ、自分の祖父に贈りたいといったジッポーには《ベトナム ジッポー》の別名がつけられている。

ジッポーの愛称で知られるオイルライターが生まれたのは一九三二年のことだ。徹底した堅牢性《けんろうせい》と耐風性を備え持つこの簡易型オイルライターは、小さなモデルチェンジこそあるものの、その基本機能は今も七十年前となんら変わるところがない。三十足らずのパーツによって構成されており、製作メーカーが「世界最高」と自負するだけあって、発売当初から現在にいたるまで、ライターが壊れた場合は永久にかつ無料で修理することを、使用説明書にうたっている。どのような強風下でも安定した炎を供給するジッポーは、多くのアウトドアマンに愛されてきた。

だが、七十年にわたって多くの人間が愛してきたという実績は、同時にジッポーライターが多くの歴史をその身に刻んできたということでもある。そして歴史は往々にして苦い一面を持ち合わせている。堅牢性と耐風性。このすばらしい性能は、ジッポーがいかに戦地で優秀な働きをするかを示してもいる。

《ベトナム ジッポー》はその名前が示すとおり、ベトナム戦争において軍事介入を行なったアメリカ軍兵士が、生命線のひとつとして愛用したライターの、現物である。手彫りの文字やエンブレムは、当時サイゴン市内に多くあった何でも屋で彫られたものだ。好きな言葉や弾除けの呪文、中には罰当たりな文句もあり、それと所属部隊のエンブレム、自分の名前を彫り込んだジッポーは、戦場における兵士たちの名刺であり、身分証明書であり、重要なサバイバルツールであったという。寒さに震える夜にはカイロの代わりをし、ときに携帯食糧を温めるバーナーにもなった。また夜間着陸をする軍用ヘリへの誘導灯にもなったことは、ベトナムからの帰還兵の多くが語る事実である。

ベトナム戦争終了後、日本にもかなりの数の《ベトナム ジッポー》が入ってきた。その歴史的な価値から、古物商の間でも一万円前後の値段で取り引きされている。決して高い値段ではない。ということはそれだけ市場に数が出回っているということでもある。兵士の数だけ使用されたジッポーがあるとしても、それを手放す帰還兵がどれだけ多かったか。そこにベトナム戦争を大きなトラウマと感じるアメリカ人たちの、共通の心の痛みを見て取れるような気が、わたしにはする。

——やはり、少女に売るような代物ではない。

では、だれに売るのか。戦場で使われたこのライターを「かっこいい」と感じる人間には、そぐわない品物であることに変わりはない。それも突き詰めればわたしの感傷でしかないし、自家撞着《じかどうちゃく》の極みであることも自覚していた。古いものに囲まれて暮らしていると、こうした答えの見つからない迷路に迷いこむことが多くなる。そんな気がしてならない。

が、得てしてヒントは外からやってくるものだと、経験則は語る。

わが雅蘭堂にひとつの答えが来訪したのは、一週間後のことだった。

（二）

「なるほど」と、長坂建作《ながさかけんさく》はわたしのすすめた番茶をすすりながら、呟いた。

「本来ならば、客に商品を売るのがわたしの仕事なのですが、どうにも」

「御尤《ごもっと》もです。安積《あつみ》のような子供が、買っていい品物じゃない」

長坂が「安積」と呼んだのは、例の少女のことである。

この日、ふらりと店にやってきた長坂は、わたしの顔を見るなり「ショーケースのジッポーを見せていただけませんか」といった。彼が例の少女の連れの老人であることは、すぐにわかった。彼女のことを説明すべきか否か、迷ったが結局は「お孫さんも、この品物を買うためにいらっしゃったのですよ」とだけ、告げておいた。もちろん、彼女の万引き未遂についてては触れずに。すると老人は少し驚いた顔をしたが、すぐに「そうだったのですか」とうなずき、孫を愛でる祖父の顔つきとなった。その後、彼が自らの姓名を名乗り、わたしがジッポーを彼女に売らなかったことを告げて、先の会話となった。

わたしはショーケースから化粧箱ごとジッポーを取り出し、長坂の前に置いた。

「それに、もしもこれをお孫さんから贈られたとしても、あなたが喜ばない気も……しましてね」

「どうして、そう思われます？」

「なんとなく……間違えていたら謝ります。もしかしたらあなたはベトナム戦争当時のサイゴンを知っているのではありませんか」

長坂は、わたしから視線をそらした。ジッポーのボディを取り上げ、表と裏に彫られたエンブレムと文字を熱心に眺めて、やがて長い長いため息を吐く。次に彼の口からこぼれた「その通りです」という声は、あまりに低く、かすかで吐息と聞き間違えるほどだった。

「やはり……」

「それだけじゃありません。わたしはこのライターの持ち主を知っているのですよ」

「まさか！」

「本当です。ほかでもない、このライターの持ち主にこれを贈ったのはわたしなのです。わたしが軍のPXでこのライターを買い求め、サイゴン市内の何でも屋に持ち込んで彫刻を施し、そして彼にプレゼントをしたのですから」

そういって長坂は、ライターの片隅を指差した。小さく目立たない文字で「ＨＯＬＹ　ＧＵＥＮ」とある。

「グエンは南ベトナム軍の大佐でした。が、あまりに人が良すぎて、下級兵士にまで軽んじられるような男でした」

「それでホーリー・グエン、ですか」

「しかし、彼のライターがここにあるということは……やはりグエンはあの戦闘で死んでしまったのですね。彼の手を離れたライターが、いったいどれほどの長い旅を重ねたのか、わたしには問う術《すべ》さえない。しかし、これだけはいえる。このライターはわたしがこの店にくるのを待っていたのですよ。ずっと、息を潜めて」

そう語る長坂の表情は歪《ゆが》み、今にも泣きだしそうなものになった。けれど涙は出ない。目は見開かれ、瞳も潤みかけているというのに、泣くことができないのである。

人が歳を取るということはそうしたことなのかもしれない。

長坂は涙の代わりに長いインターバルをとったのち、三十年以上も昔の——何度忘れようと試みても忘れることのできなかったであろう——話をはじめた。

長坂がある新聞社の契約ルポライターとしてサイゴン入りをはたしたのは、一九六七年二月のことだった。その前月にはアメリカ軍によるメコンデルタ進攻が始まっていて、すでにベトナム戦争は泥沼化の様相を呈していた。泥沼化のもっとも大きな要因は、南ベトナム軍——アメリカ軍——と北ベトナム軍の情報公開の程度差によるものが非常に大きかったという。

アメリカは当時、明確な開戦宣言を行なわないまま、ベトナム戦争への軍事介入を試みた。そのためアメリカ国内を平時体制においたまま戦争に参加するという、きわめて特殊な情況にあった。

つまり、報道管制を敷くことがなかったのである。多くの記者たちは南ベトナム軍に従軍するかぎり、どんな激戦中の最前線にでも向かうことが許され、なおかつ自分が見聞きしたものについて、一切の表現の自由が保障されていた。それに対して北ベトナム軍は徹底した情報操作を行なっていた。結局のところ、南ベトナム軍の残虐行為のみが世界に向かって発信され、一九七五年のサイゴン陥落までに数万人ともいわれる人民が北ベトナムによるテロル、ゲリラで殺害された事実は、長く隠蔽《いんぺい》されたままだった。そのためアメリカ国内においてさえ反戦ムードが高まってしまい、「地球の正義」を標榜《ひょうぼう》したはずのアメリカ軍は、罪もない北ベトナム農民を爆撃によって虐げる悪魔の軍団というイメージが定着しつつあった。

その空気は、すでにサイゴンにも満ちあふれていた。先の見えない戦争、いつゲリラに狙われるかもしれない緊張感は兵士を疲弊させる。ごくつまらないジョークがたちまち一個師団をヒステリックな笑いの渦に落とし込み、オペレーション――軍事作戦――そのものが中止になることさえあった。

だれもが疲れ切っていた。

長坂にはルポルタージュライターとしての野望があった。当時十二歳だった息子と妻を日本に残し、危険極まりないといわれながらもサイゴンに向かったのも、どうしてもこれをものにして、ライターとしての地位を確立したかったからだ。当時無名だった長坂のために、妻は子供を育てながらパート勤務をしていた。けれど、名前さえ売れれば仕事も増える。そうなれば妻にも子供にも楽をさせることができる。戦場にやってくるルポライターやカメラマンの多くが、似たようなことを考えていただろう。

野望によって支えられた精神力はしなやかで強《したた》かだったけれど、永久機関にはなりえなかった。

頭で考えていた戦争と、現実のそれとはあまりに違っていた。長坂は戦前生まれである。戦時体制がどのようなものであるか、よくわかっているつもりでいた。けれど現実に最前線に立ってみてはじめてわかった。近代戦争がいかに凄まじいものであるか。いくら長坂が報道腕章を付けたところで、迫撃砲の弾丸はそれを見分けてくれるわけもない。それに、当時サイゴンには、

「北ベトナム軍は従軍記者を捕まえると、急に言葉がわからないふりをする。そうしておいて処刑し、なに食わぬ顔であれは事故だったのだと言い張る」

そういった類の噂やデマが日常的かつ意図的に流され、彼らの耳に入っていた。わずか数ヵ月の滞在と従軍で長坂は疲れ、日々を倦《う》んだ。街も軍も民間人も、重く疲れた顔をしていた。ねっとりとした空気を払う力も気力もないまま、サイゴンでの時間が無為にすぎていった。

日が落ちるとベトコンによるゲリラ攻撃を避けるために外出禁止。ラジオから流れる音楽

も言葉も、気持ちを柔らかくしてくれる効果を持ち合わせていなかった。気に入らなくなると、亜熱帯特有の湿気さえも、長坂の精神と肉体を冒すウィルスのように思えてきた。

パスツール通りから少し離れたところに借りたホテルの部屋は、M－16の弾丸でも撃ち抜けないドアの厚さが自慢だった。毎朝食事をとってから基地に向かう。オペレーションの有無を確認し、それに従軍するか否かを決める。夕方にはホテルに帰って、ぬるいビールを飲む。酔った頭でルポルタージュを書く。原稿に向かうときだけは、野望の残り火がかすかに煙をあげ、いずれマスコミにその人在りといわれるルポライターとなった自分を想像して密かにほくそ笑んだりもするのだが、すでに残り火は炎をあげる力をもってはいなかった。

そんなときに長坂はホーリー・グエンと出会った。

本名はグエン・チャイ・クー。ホーリー・グエンは渾名《あだな》である。彼はアメリカ軍との共同部隊の大佐だったから、一日の半分以上は長坂らと共に軍基地にいた。天性的に陽気な男だった。なにが気に入ったのか、グエンは長坂を見ると駆け寄ってきては、下手な英語で「戦争が終わったら、おまえの案内でトーキョーに行くんだ」などといっていた。彼の明るさに、長坂はどれだけ勇気づけられたことか！　一日グエンの顔を見ないだけで、なんだか不安な気持ちになったほどだった。ＰＸで買った安物のジッポーに所属部隊のエンブレムと弾除けの呪文を彫らせ、グエンに渡すと大げさなほど喜んで「おまえとは長い付き合いになりそうだ」といってくれた。

だが、長坂はすでに別のことを考えていた。

定期的に送るルポルタージュは、現地報告として新聞社が発行する週刊誌に掲載されていた。相当の知名度は得た感触があった。サイゴン入りして十ヵ月近くが経っている。次第に「もういいじゃないか」という声が、胸のどこかからか聞こえるようになっていたのである。声は日を追うごとに大きく、しつこくなった。

これが潮時だと思った。

長坂は本社に連絡を取って、交替要員を送ってもらうことにした。

クリスマスを数週間後に控えたある夜のことだ。長坂のホテルをグエンが訪ねてきた。

「ナガサカ、日本に帰るというのは本当か」

「ああ、本当だ。ここでのルポルタージュは十分に書いた」

「嘘だ！　きみは戦場から逃げ出したいだけだ」

そんな会話が一時間ほど繰り返され、やがて「仕方がないな」と笑ったグエンだったが、不意に彼の顔が真顔になった。

「プレゼントがしたい。ジャーナリストのきみに、わたしからのプレゼントだ」

「楽しみだな。何をくれる？」

「……スクープ」

ごく短いグエンのひと言が、とっくに消えていたはずの野心に最後の火を点けた。「スクープ」と長坂自身呟いて、その言葉が内に秘めた甘露にも似た味わいを全身で確かめた。

「極秘のオペレーションか」

「ああ。近く国境付近にあるベトコンの基地に奇襲をかける。それに参加しろ。オレが上層部に掛け合ってやる。極秘のオペレーションだから、随行の記者はナガサカひとりだ」

——単独取材！

決して安全な取材ではない。が、ルポルタージュライターの肩書きを曲がりなりにも持つものにとって、単独取材のひと言、そしてスクープのひと言はあまりに重く、魅力的であった。

（三）

気が付くと、日が落ちていた。

「ああ、お茶が冷めてしまいましたね。淹《い》れなおしてきましょう」といって、わたしは立ち上がろうとした。すると、

「いや、結構です。冷めたほうがちょうどいい。ちょっと喉が熱くなったのを感じますからね」

そういって長坂は、湯呑みの残りを喉に流し込んだ。

「で、あなたはスクープをものにしたのですか」

長坂はなにもいわない。わたしはわたしで、少し違ったことを考えていた。

——そうか、記憶媒体、か。

フロッピーディスクに情報を記憶させるように、あるいはテープに肉声を録音するように、長坂のベトナムでの記憶は長く保存され、そして人前で再生されることは決してなかったはずだ。つまり記憶媒体が別の所にあったのだ、それが《ベトナム ジッポー》だったのではないだろうか。

「結果は、悲惨で残酷なものでした」

「えっ？」とわたしが驚いたのは、その声があまりにきっぱりとしていて、どこか感情を圧し殺すような響きをもっていたからだった。

「内通者がいたのですよ。奇襲攻撃は極秘裡に少人数で行ない、そして最大級の戦果を上げる戦法です。が、奇襲を相手に先に知られると、これほど危険極まりないオペレーションはない。事実、わたしが参加した一四〇名ほどの部隊は、わずかに十数人の生存者をのぞくすべてが死亡、または行方不明となりました。グエンもそのひとりです。彼の行方は今以《もっ》て不明なのです。でもこのライターがこちらにあるということは、やはり彼もまた死んでしまったのでしょう」

「けれど……わたしはよくわからないのですが、極秘オペレーションがそれほど簡単に外部に漏れますか」

「当時、攻撃地点を知っていたのは数人でした。わたしは司令室に入ることを許されてはいましたが、それでもアタックポイントを知ったのは出撃の二十分前です。これは下級兵士も同じだったはずです」

「当然ながら、その場所を知っている人間は、外部との接触が禁止されていたのでしょう」

「まったく接触を禁じられていたわけではありませんが、常に周囲の目がありましたね」

それまで圧し殺していた感情が、長坂の顔面で一気に爆発するのがわかった。

「すべては戦争中の出来事のひとつだ。しかしわたしが許せないのは！」

「…………」

「越名さん。わたしが何よりも許せないのはね、オペレーション情報漏洩《ろうえい》の一件について、どうやらわたしが片棒を担がされたらしいということなのですよ！」

長坂の興奮は容易にはおさまらなかった。が、暇な古道具屋には、時間だけはたっぷりとある。わたしは根気よく待ち、長坂が再び落ち着きを取り戻すのを確かめて「どういうことでしょう」と、尋ねてみた。

「つまりこの作業は、情報を持つものと受け取るものがどこかで接点を持たなければ成り立ちません」

「そうでしょうね」

「ところが、情報を持つ上層部の人間は、だれと接触するにしても外部の目を気にしなければならない情況でした」

「つまり接触不能ということですか」

「はい。でも例外があったのですよ、それがわたしです」

「…………」

「越名さん。わたしもね、ひとつジッポーを持っていたのですよ。わたしのジッポーにはベトナムの地図が彫られていました。サイゴンに入った初日に、何でも屋に彫らせたのです」

「そういうことですか！」

わたしはみつばちの姿を思い出していた。花の蜜を吸いながら花々の受粉の媒体となるみつばち。同じことが一九六七年のサイゴンでも起きたのである。攻撃地点の情報を外部に報《しら》せたいものをX氏とする。彼は長坂の所有するライターに彫られた地図の一点に目立たぬよう、密かに印をつけておく。そして今度は情報を受け取りたい側の人間Y氏が登場する。彼は煙草の火を借りる振りでもして、長坂のライターから情報を受け取ればよい。中間媒体である長坂本人が、情報の有無さえ知らないのだから不審な動きをしたとしてもだれにも見咎《みとが》められることがない。

「事実、それらしいことがあったのですよ」

「では、あなたのライターを借りた人間が？」

「ええ。ジッポーというライターは、専用オイルのほかにどんな燃料でも使えるのをご存じですか」

「話だけは」

「当時基地内では、ジッポーのインサイドユニットを引き抜き、風防の穴に針金を引っ掛けて戦車の燃料タンクに垂らす光景がよく見られました」

「ははあ。ガソリンでもよかったのですか」

「ベンジンでもアルコールでもOKです。揮発性の極めて高いガソリンが使えるのですから、他に燃料を選ばないのも道理です」

オペレーションの前日のことだ。やはり同じように戦車の燃料タンクでインサイドユニットに燃料補給をしていた長坂の元に「旦那。ちょっと火を貸してくれませんか」といって近付いた男がいたという。顔見知りではあったが、名前までは知らない下級兵士だった。

「その男がまた、随分と丁寧にわたしのライターを眺めましてね。これはどこで彫ったものかなどということを、しつこく聞くのですよ」

「なるほど。そうしておいて地図に書かれた印をしっかりと覚えるためですね」

「だと思うのです」

ジッポーライターにはしばしば伝説がついて回る。数年前に遭難したらしい登山者の白骨遺体が発見され、彼の荷物のなかから出てきたジッポーがその場で見事に点火した。一冬雪に埋もれていたジッポーが雪解けとともに発見され、やはりその場で点火した、等々《などなど》。中でも有名なのが、従軍記者のアーニー・パイルが残した伝説である。

「一九四五年だったそうです。アーニーは洋上を走る戦艦にいました。彼に向かってある下士官が、執拗に『この船はどこに向かうのか』と聞いたそうです。彼はもちろんオペレーションの内容を知っていました。しかしそれを口にするわけにはいかず、下士官のジッポーを借りて、手持ちのナイフで何事かを刻んだそうです。これは指令が下るまで決して見てはいけないと、言い含めて。ジッポーのボトムには『TOKYO』の文字が刻まれていたそうです」

わたしがいうと、長坂は息を呑んだ。

「それはもしかしたら！」

「ええ。たぶんこの伝説を元に、誰かが考えたのでしょう」

そういいながら、わたしは頭のなかに頻《しき》りとささやく声をたしかに聞いていた。

——どこかが、違っていないか？

だが、言葉の真意はわかりかねた。

二人の間に沈黙がしばらく居座り、そして立ち去るきっかけを作ったのは長坂だった。

「翌日は、地獄でした」

そして再び沈黙。

全部隊の九〇パーセント以上が死亡、または行方不明になる戦闘が地獄でないはずがない。けれどどれだけ言語を駆使し、または擬音のかぎりと、身振り手振りを交えたところで、人が表現しうる情報には限界がある。真の地獄を知るものは、それが死者であれ生者であれ、自分の体験を他人に伝えることなど不可能なのだ。たとえ長坂のようにルポルタージュを書くトレーニングを受けていたとしても、だ。

「わたしが、ライターの件に気付いたのは基地内の病院に収容されてからでした」

「そのことはだれにも話さなかったのですね」

「もちろん病院内で話せば、わたしは譴責《けんせき》を受けるか、あるいは基地を追い出されるかしたでしょう。話せるはずがない。もっとも、数人の関係者は薄々気が付いていたようでした。以来、帰国の日まで彼らはわたしと口を利こうともしませんでしたからね。まもなく帰国しましたが、妻にも子供にも、ましてや仕事としてあの時の戦闘を書き残すなど、わたしにはできなかった」

そこまで話して、長坂は口のなかだけで笑った。気持ちのよい笑いではない。これまでだれにも話さなかった物語を、ほとんど人生の行きずりのような男に話したことを後悔しているのか、あるいは、ルポルタージュライターを目指しながら、その仕事を全うしなかった自分の人生を嘲笑っているのか。わたしには、判断ができなかった。

腰を上げた長坂の口から「ライターを買い取りたい」という言葉は、ついに聞かれなかった。

（四）

我々骨董業者は、常に複数の《市《いち》》に参加している。たとえ店に客が来なくとも、市に参加することで商品を売り捌《さば》き、または仕入れることができる。事実《旗師《はたし》》と呼ばれるブローカーは、店舗を持たずに市に参加し、営業利益を上げているのだから。

この日、わたしは狛江市で開かれる市に参加していた。市の会主は畑中《はたなか》という骨董商で、地道な人柄のためか、彼の市に参加したがる業者は多い。畑中の商売柄、扱われるのは美術品が圧倒的に多いが、中にはわたしが扱うにふさわしい品物もないではない。

――……！

業者の人込みの中に、見知った顔を見つけてわたしはそちらへ駆け寄った。

「珠洲村《すずむら》さん！」

「おっ、雅蘭堂じゃないか。どうだ、最近はちっとは目端が利くようになったか」

「また、それをいう」

男は珠洲村泰三《たいぞう》といって、港区内に店を持つ同業者である。

「珠洲村さんはジッポーに詳しかったはずですよね」

「詳しい？　舐《な》めたことをいってくれるじゃないか。オレがジッポーに関する著作をどれだけ持っていると思う。詳しいなんてもんじゃない。オーソリティー、第一人者、プロ中のプロ、研究者。すべての称号はオレのためにある」

少々口が軽すぎるのと、山っ気が強すぎるのがこの男の欠点であるが、専門分野に関する知識はたしかに風呂敷を広げるだけのことはあった。

長坂の話を聞いてわたしには考えるところがあった。が、専門書を当たるほどの根気と時間がないから、珠洲村に質問することにしたのである。

「で、なにが聞きたい？」という珠洲村に向かって、わたしは長坂の話してくれた内容をでき得るかぎり正確に伝えた。少なくともそのつもりだった。そうしておいて、今度は自分の考えを述べてみた。あくまでも素人の発想にすぎないことだから、確証はなかった。が、珠

洲村はあっさりと、

「そんなことか。可能だな。むしろジッポーに彫りこんだ地図で、攻撃地点を伝えるなんてアイデアよりはずっと現実的だ」

「でしょう。どう考えたってジッポーに彫った地図の縮尺では、ピンポイントまで正確に伝えられるとは、考えられなかったんですよ」

「そんなこたあ、話を聞いた段階で気付くべきだ。だからおまえはいつまでたっても半素人なんだ」

「耳に痛い話ですな」

その後、散々わたしのことをこき下ろしたのちに、珠洲村は古物商としての好奇心を露骨に示してきた。

「ふうん。ベトナム・ジッポー秘話か。そんな来歴のあるジッポーなら、高く扱えるぞ。なんならオレの所に回さないか」

「それは改めてご相談しますが……先程の話ですが、それを証明することはできますかね」

「難しいなあ……本体そのものの大きさが違えば話は別だが、それではまるで意味がないし……いや、待てよ。一九六七年といったな……だとすると証明できるかもしれんぞ。その長坂とかいう人がジッポーを贈ったのはせいぜい夏だろう。オペレーションが十二月だとすると、あるいはな」

「勿体《もったい》つけてないで、教えてくださいよ」

「条件がある。どうせおまえのことだ。その長坂とかいう爺さんにお節介な真似をしでかそうとしているのだろう」

「お節介は余計ですが、真実は伝えたほうがいいでしょう。でないとあの人はこれからも苦しむことになる。大切な友人を死に至らしめた原因を、自分が作ったのだと思い続けるでしょうから」

「それを止めることはしない。だがよく考えてみてくれ。オレがこれから説明する方法でおまえの推理が証明されたとする。すると、長坂はあのライターを買い取る気になるかな」

「それは彼次第でしょう」

「いや、ならんな。そんなこともわからないからおまえは……」

「説教はいいから続きを。彼が買い取らないとしたら？」

「決まっているじゃないか。うちに回せ。もちろん相場で引き取るなんてことはいわない。一枚も二枚も色をつけたうえで引き取らせてもらう」

「おおかた、ミリタリーファンにでも売り付けるのでしょう」

「オレの商売の方法にチャチャを入れるのはやめてくれ」

珠洲村と話をしながら、わたしはどこかで、

——それも仕方ないかもしれない。

と、思いはじめていた。少なくとも一九六七年当時サイゴンにいて、例のオペレーションに毛ほどでも関わった人間が、あれを持つべきではないのかもしれない。むしろなにも知ら

ないミリタリーファンが、ライターに隠された逸話に胸震わせながら、大事にストックしておくのがいちばん良いのかも。そう考えるとわたしはついつい、珠洲村の申し出に対して、「いいでしょう」と答えてしまっていた。

——なんだかおかしい。

小田急の下北沢駅を降りたあたりから、わたしは奇妙な空気を感じていた。妙にまとわりつく感触、あるかなしの質量感。それがだれかに尾《つ》けられているためだと知れたのは、雅蘭堂に帰りつく直前だった。尾けられているとわかったとたんに尾行者の正体までわかってしまった。素知らぬ振りで店まで帰りつき、ドアに鍵を突っ込みながら振り返って「なんの用だ、万引き娘！」と、尾行者に声をかけた。

「万引き娘って……それはないでしょう！」

「うちの商品を盗もうとしただろう」

「ちょっと魔が差しただけだし、実際には盗んでもいないし」

「泥棒はだれだってまず、気持ちから染まってゆくんだ」

この前とは違った色のトレーニングウェアを着た長坂安積が、顔を真っ赤にして反論するが、わたしは相手にしなかった。

「まあいい。で、今日はなんの用だ。あのジッポーはお前には売らないといったはずだゾ」

「あっ、アレのことはもういいんだ。いいや、ちっとも良くないんだけれど、とりあえずはいいことになったのね」

「訳のわからんことをいってるんじゃない」

「だから、お祖父ちゃんから話を聞いて、その、お祖父ちゃんもアレをほしいわけじゃないとわかったから、まあ、もういいかなっと」

「なるほどな」

「お祖父ちゃんに、あたしが古いジッポーを買いにきたといったんだって？」

「ああ」

「で、その……黙って持っていこうとしたことは話さなかった……」

上目遣いの安積を見て、わたしは「おや」と思った。高校生にとって万引きなんてものは、朝昼の食事と同じくらい日常的なものだとばかり思っていた。親を呼ばれても、平然としているから頭にくると、商店街の集まりで耳にしたこともある。が、長坂安積はそれほど厚かましくも、無恥な高校生でもないらしい。

わたしは、安積と話をする気になった。店の中に招きいれ、レジの横のポットからハーブティーを注いでやると、カップを抱えて安積は「エヘヘ」と笑った。その笑顔も、悪くないといえなくもない。

「どうして長坂さんに、プレゼントをする気になった」

「そりゃア、さあ」といったん言葉を切り、少し困った顔になった安積の口から「うちは……複雑……なんだよね」と、とぎれとぎれに言葉がもれた。

「複雑？」

「あのさあ、親父がお祖父ちゃんを嫌っているんだよ。なんでもお祖父ちゃんには苦労ばかりさせられたんだってさ。まともに仕事はしない、だからあたしくらいのときにはアルバイトをやって家に金を入れてたんだって」

それを聞いて、わたしは先日の長坂の不可思議な笑いの正体をようやく理解した。多分こういうことなのだ。ベトナムでの激戦を生き残った長坂は心に深い傷を受けたのだろう。帰国後はルポライターを続けたとは思えないし、それどころかまともな仕事にさえ就くことができなかったのではないか。大きな災害や犯罪に巻き込まれた人間が、いつまでもその後遺症を心に残す症例、いわゆるＰＴＳＤについては現在ではよく知られている。だが当時では、単なる社会不適応者にしか見られなかったことも、十分に考えられる。家族に迷惑を掛けただけの半生には、彼は唾棄《だき》すべき価値しか見いだせなかったに違いない。

「でもね」と、安積がいう。その後の沈黙は他にどんな言葉を尽くすよりも雄弁だった。

「安積にとってはいいお祖父ちゃんなのか」

「……そういうこと。お祖父ちゃんさあ、それほどあたしにかまってくれるわけじゃないんだけど、なんだかいつもあったかいんだよね」

だからといって万引きは良くないと再び話を蒸し返すと、安積は「もういいじゃない、反省してるんだからア」と、口を尖《とが》らせた。

「でもねえ、最近元気がないんだ。ここでライターを見たのが原因じゃないかと思うんだよね」

「だから？」

「責任があると思うんだ。この店の経営者としてサ」

この理不尽極まりない申し出を真っすぐに受けとめ、わたしは彼女にメッセージを託すことにした。

（五）

次の日曜日。長坂建作が雅蘭堂にやってきた。

「なにか大切なお話があるそうで」という長坂は、前に見たときよりもずっと小さく、やつれて見えた。

「話というのはほかでもありません。長坂さんにはつらいでしょうが、もう一度、一九六七年当時のサイゴンのことを思い出していただきたいのです」

「やはり、そのことでしたか。いや、あれから毎晩のようにホーリー・グエンがわたしの夢枕に立つのですよ。敵のAKライフルにでもやられたのか、顔面の半分を吹き飛ばされた彼が、じっとわたしを見るんです」

「多分、そんなことだろうと思いました」

「仕方がありませんね。彼はわたしを恨みぬいているでしょうし」

「それはどうでしょうか」

「へっ？」

「彼の生死は確認できたのでしょうか」

長坂が怪訝《けげん》そうな顔をする。わたしの話そうとしていることの内容が、まったく摑《つか》めていない様子であった。

「行方不明のままと聞きますが」

「でしょうね。あるいはいまでも健在であるかもしれない」

「そんなことがあるはずがない！　もしあの戦闘を生き延びたなら、かならず彼は軍関係者に連絡を取るでしょう。あるいは……」

日本に帰った自分に、連絡をよこさないはずがないと、長坂は無言という手段を用いていった。わたしは珠洲村にいった言葉をそこで繰り返した。ジッポーに刻んだ手彫りの地図で、ピンポイント攻撃の位置を報せるなど、縮尺率を考えても不可能であると。

長坂は「それは」といったきり絶句した。

「あなたが利用されたことは間違いありません。けれどそれは情報の仲介者になることではなく、いかにもそのようなことが行なわれたと周囲に見せるためのダミーとしての役割だったのです」

「すると、もっと別の方法で情報が漏れていたと？」

「しかも周囲の目を気にすることなく、堂々とことは行なわれました。たぶん攻撃地点はおろかこちらの戦力までも正確に伝わったはずです」

そんなことは不可能だというように、長坂が首を横に振った。

わたしはショーケースから例のジッポーを取り出し、その横に別の、やはりベトナム戦争時に使われたジッポーを置いた。

「これはどちらも一九六七年に製作されたジッポーです。知っていましたか、ジッポーのオイルライターは形状だけでなく、ボトムに刻まれたロゴの書体やレイアウト、大きさなどから、それが何年に製作されたモデルであるか、正確に知ることができるのですよ」

「はあ……」

わたしはふたつのライターを指差した。

「ですから、これが一九六七年製のモデルであることは確かです。ところがこの年に作られたモデルは二種類あって、両者には大きな違いがあるのです」

おわかりになりますかと問い掛けても、長坂は首を傾げるばかりだった。そこでわたしはふたつのライターのボトムを引っ繰り返してみせた。するとようやく彼の口から「なるほど」という言葉が吐き出された。

「片方には『Ｐａｔ.２５１７１９１』という数字が刻印されているのに、片方にはない」

「数字が刻印されているのは、あなたがホーリー・グエンに贈ったモデルです。実はこの年の八月一日、パテントが切れてしまったためにそれ以降のモデルにはパテントナンバーが刻印されなくなったのです」

わたしは今度はふたつのライターの蓋を開き、インサイドユニットをそれぞれ引き抜いた。どちらも三十年以上使われることがなかったというのに、ユニットのボトムを上にしたとたん、独特の燃料臭が鼻をついた。

わたしはふうっと息を吐いた。

――あるいは、長坂にはなんの救いにもならないかもしれない。

だが、ここでやめる訳にはいかなかった。

「ジッポーは、一九六七年七月までに作られたモデルには、本体ボトムの他に、インサイドユニットのボディにもパテントナンバーが刻印されていたんですよ」

その言葉を聞き、自らふたつのインサイドユニットを比べた長坂は、「なにっ」といったまま言葉も体の動きも、すべてを停止させてしまった。

どちらのインサイドユニットにも、パテントナンバーは刻印されていなかった。

「おわかりですね」

「まさか、まさかそんなことが……」

「そのまさか、です。ええ、内通者はホーリー・グエンだったんです」

専用のオイルがない場合は、ガソリンでも使用可能なジッポーライターである。ガソリンがきわめて揮発性が高い燃料であることを考えると、このライターにはかなり優秀な気密性までも備わっていることがわかる。そうでなければ使用中にインサイドユニットに染み込んだガソリンに引火し、深刻な事態を巻きおこしたはずである。

「しかも、戦車のオイルタンクにインサイドユニットを浸し、オイル補給をするのは日常茶飯事の光景だったのでしょう」

「ええ、たしかに」

「だったら二人の人間が同じタンクにユニットを入れ、出したときに素早くふたつのユニットを交換することは十分に可能だったはずです。ユニットのなかは綿です。それを一部取りのぞけば、攻撃地点と攻撃力程度の情報をしたためた媒体を隠すことはなんでもありません」

長坂はわたしを見てはいなかった。「じゃあ、戦場で消えたのは……」といった。その言葉の続きは彼の口内で消えて、わたしの耳には届かなかった。自分が直接機密漏洩に関わったわけでもなく、ましてそれがために親友が死んだわけでもない。が、無実を証明することがすなわち親友の裏切りを証明することになった。

——酷いな。

長坂の唇から漏れていた息が、やがてとぎれとぎれに切り刻まれ、小さな音の繰り返しとなった。笑い声だった。「そうだったんだ、グエンが裏切り者だったんだ」そういってひとしきり笑い、短い挨拶を残しただけで長坂は店をあとにした。

結局、ホーリー・グエンのライターは珠洲村に引き取られていった。

長坂のその後の様子は、安積が逐次報告してくれている。様子が激変したわけではないが、好転の予兆は見えるそうだ。すべてがこれで片付いた……はずなのだが、困ったことがひとつある。安積がすっかり店に馴染んでしまったことである。「時給は安くていいからさ」などといって、暗にアルバイトに雇うことを要求するに至り、わたしは今重要な判断をするところである。

——妥協するか、思い切って叩きだすか。

さて、どちらにしようか。

ジャンクカメラ・キッズ

（一）

床屋で見る夢は、どういうわけだかいつだって寓意に満ちている。その日も顔に蒸しタオルを当てられているうちにどうにも我慢のできない睡魔に襲われ、顎を滑る剃刀の感触があまりに気持ちが良くて、つい転寝《うたたね》をしてしまった。

夢の世界のわたしは小学校の低学年で、寒い冬だというのに半ズボンをはいている。ポケットの所は手で拭った鼻水を何度も擦り付けたせいか、薄くニスを刷いたようだ。ちょうど歯が生え変わろうとする年齢で、前歯が二本ばかり、ない。昨夜、母親が嫌がるわたしを半ば脅すように浴室に連れ込み、ろくに研ぎにも出していない鋏で切ったおかげで髪はひどく不揃いな坊主頭——当初は「都会的な坊っちゃん刈りにする」と約束したはずなのに！——みっともないことこの上ない。要するに昭和四十年代初頭の東京に、どこにでもいた子供がわたしだった。繁栄の予感と、まだそうではない現実。豊かではない代わりに爆発的な発展へのエネルギーが、下町の路地にさえ感じられた時代。日々の食事も豪華ではなかったし、父親の収入が少なかったせいか、母は月末になるとしじゅうこめかみに憂鬱そうな血管を浮かせていた。だが、それでも子供の誕生日になるとどこから金を工面してきたのか、プレゼントが用意されていた。

そして夢のなかのわたしは誕生日を迎えていた。

あの頃、欲しかったのはウルトラセブンのビニール人形だった。誕生月に入るとすぐに母親に「予約」をしておいたプレゼントをついに受け取り、近所の玩具店の粗末な包装紙を破いたその刹那《せつな》、横から伸びた兄の手が、わたしの大切なビニール人形をさらっていったのだ。

「やめてくれ！」

驚いて目をさましたわたしの前に、さらに驚きと恐怖を湛えた床屋の主人の顔があった。

「こっ、越名さん……アンタ、わたしを犯罪者にする気かい。自殺したいなら、お願いだから他の店でやってくれないか」

どうやら目の横に剃刀をあてている最中だったらしい。主人の顎が未だに言葉にならない言葉を発して、動いている。

「すまない、ちょっと夢を見ていたんだ」

「洒落にならないって。それとも店に閑古鳥が鳴いているのを悲観して、高額保険にでも入ったのかい。事故特約を倍額つけたら、そりゃあ床屋でちょっと事故にでも遭ってという気にもなるかもしれないが……」

「いやなことをいいなさんな。それにうちの店が暇なのは今に始まったことじゃない」

「それにしても」と、眉のうえについたシャボンを蒸しタオルで拭き取った床屋の主人が、なぜだか、ひっと息を呑んだ。が、わたしはたいして気にもせずに先程の夢について考えていた。

——店か。

いっておくがわたしはオカルトの類を一切信じない。にもかかわらず、この時は瞬間的に夢の内容とわたしの店《趣味骨董・雅蘭堂》とを結びつけていた。古物商に必要なのは品物の善し悪しを見分ける眼ばかりではない。この世界にも流行《はや》り廃《すた》りはついて回るから、五感で捉えることのできない時代の風を読みとる勘もまた、必要な感覚器のひとつといえる。

「すまないが、ちょっと店を見てくる」

「まっ、待ってくれ越名さん。そりゃあまずいよ、いくらなんでも」

「すぐに帰ってくるから。どうせ親父さんの店だって客なんていないじゃないか」

「違うんだ。そういう意味じゃなくて」

主人の言葉をろくに聞かず、首に巻かれたタオルを自分で外し、椅子から下りて店を出た。床屋から雅蘭堂まではほんの数分の距離である。不安の種子を嗅ぎとったのは、なにも勘働きのせいばかりではない。このときすでに店には、十分すぎる不安材料が存在していたのである。

偶然やきっかけはどこにでも転がっているし、結果としてうちの店にはおよそ似合わない年ごろの少女、たとえば女子高生と知り合う機会があったとしても不思議ではない。問題はその後だった。骨董や古道具とはなんの縁も所縁《ゆかり》も、興味すらもない女子高生が、雅蘭堂のどこを気にいったものか、ずっと居ついてしまったのである。これを不安材料といわずしてなんといおう。

人気《ひとけ》の少ない住宅地の道路を、突き動かされるように走って店に飛び込むと、惨劇は今しも終了しようとしていた。

――まっ、間に合ったか！

「お帰りィ、早かったねえ」

長坂安積が間延びした声でいったが、わたしの全感覚は一方向に向けられていて、返事をするどころではなかった。安積が両手に抱え、同じ年ごろの少女に手渡そうとしているもの。スチールの簡易額に視線を釘づけにして、唇だけで――なにせ頰は引きつり、顎は硬直していたから――、ようやく言葉を発した。

「安積くん、それはどうしたのかな」

「ああこれ、友達の真奈美《まなみ》がさあ、欲しいっていうから。だってこんな古くさくって、だっさいポスターだモン。三千円で十分だよね。本当は二千円でもいいかとも思ったけど、越名さんも喜ぶと思ってエ」

無邪気にも自らに一二〇パーセントの称賛を与える表情と声質を聞いた瞬間、不意にわたしの胸中に沸き上がったのは紛れもなく殺意だった。安積と同様に無邪気な笑顔を湛え、スチールの額を抱えている少女の元に歩いていって、でき得るかぎりの冷静さを装い「とりあえずこれは、こちらへ」と額を取り上げようとした。とたんに少女の目尻が吊り上がった。横を見ると長坂安積までが同じ表情をしている。

「あのネ」といいながら、わたしは情けなくなった。安積が「だっさいポスター」とのたまわったのは、アンディ・ウォーホルのオリジナルである。雅蘭堂の品揃えのなかでは異質だが、二年ほど前に熱にうかされたように買い取ったものだ。数ヵ月前にも同業者を介してこいつを六十（万円）で引き取りたいといった客があったが、わたしは交渉の土俵に立つことさえ拒絶した。

「いいかい。これは三千円では買えない美術品なんだ」

「ええっ、うっそだあ〜！」

「嘘じゃない。きみにいっておいたはずだ。値段のついていないものに関しては、勝手に売ったりしてはいけないと」

語尾に特別の力を加えた。

長坂安積が強引に店番を買ってでたふた月ほど前まで、雅蘭堂の商品には一切の値札がついていなかった。値段を聞かれると「いくらなら御引き取りになりますか」と応えることにしていたからだ。法外な利益を得るのが目的ではない。客が品物を気に入ると同時に、品物が客を気に入らなければならない。少なくともわたしは師匠筋からそう教わった。双方の相性が合えば、適正価格はおのずと決まるというのが、師匠の考えであり、それを受け継いだわたしの営業方針だったからだ。だから今でも店の商品の半分以上には値札をつけていない。そうしたものに関しては、店主がいないからわからないといって断れと、何度も繰り返したはずだが、わたしの言葉は安積の耳を素通りしただけであったらしい。

「とにかく、お金は返します。これは三千円ではお売りできません」

さぞや反発するだろうと沈黙していると、ややあって二人の少女の間に沸き上がったのは爆笑だった。

「わかった、わかったってば。その顔でいわれちゃァ、引くしかないもんね」

「顔……？　顔って……ナニ？」

安積が右の壁にかけた古鏡を指差した。金属面のわたしがお間抜けな顔でこちらを見ている。ないのである、三分の一ほど。右の眉が。

「ああ、あの床屋！」

「大変だよお、越名さん。あたしたちだって眉を整えるの失敗すると、とんでもない時間がかかるんだから。元に戻すのに」

「絆創膏《ばんそうこう》で隠すしかないか」

「あたしが描いてあげようか。流行のツンツンした眉に」

鉛筆に似た化粧道具を嬉しそうに取り出した安積にありがとうをいうことなく、わたしは絆創膏の徳用箱を買ってくるよう、命じた。

八月の半ばをすぎてもわたしの右の眉の絆創膏は取れず、銭湯の鏡に向かうたびに眉の状態を確認し、ため息を吐いてまた新しい絆創膏を貼りなおすという毎日が続いていた。

週に二度は顔を出す業者間の《市》でも、「どうした、色男を気取って美人局《つつもたせ》にでもやられたか」と、なぜだか同じ質問が繰り返される。この日も知り合いと顔を合わせるたびに同じ言葉がかかるので、いい加減に気分を腐らせていたところへ、

「雅蘭堂さん、お久しぶり!!」

懐かしい声が背中で聞こえた。ふりかえるとグレーの背広をそつなく着込んだ小男が立っている。その四角い顎は昔のままだった。

「竹島《たけしま》さんじゃないですか、本当に久しぶり」

「東京の市はにぎやかでいいねえ。こんなときは地方に引っ込んだことを後悔するよ」

竹島茂《しげる》は三年ほど前まで世田谷の池尻《いけじり》で骨董店を営んでいたが、山形の父親が死んだのを機に向こうに移り住み、やはり同じ商売を営んでいる。扱うジャンルが書画骨董の部類と、わたしとぶつからないところに双方の友情が長続きしている最大の理由がある。このあたり、――古物の商売に休みなし。常住坐臥《じょうじゅうざが》、常に商いだから。

と自嘲気味に語られる、我々の業界独特のいやらしさがある。

「掘出物はあちらの方が多いでしょう。羨ましいのはこちらです」

「いやいや、最近はお宝ブームのせいで、半目利きの素人までが出張ってくる。おかげで、ずいぶんと泣かされているよ」

心なしか痩せて見えるのは、地方の古物商たちの頑なまでの結束力に苦労しているせいかもしれない、などとも思った。

「それで、今日はこちらの市に?」

したよ」

「たまには目の保養もさせてもらわんといかんしね。ついでにいい拾い物もさせてもらいま
「ははあ、もしかしたらあの長火鉢を落としたのは竹島さんですか」

「うん。参加者にきみの名前があったので、少し悪いとは思ったのだが」

この日の市で、わたしが狙いをつけていたものに、明治期の長火鉢があった。外造りは檜《ひのき》で、火床は三ミリの銅板張り。つなぎ目の拵《こしら》えにもしっかりと職人の技が入っており、師匠なら「真っ当な古物商はこういうもので勝負しなければならない」と檄《げき》を飛ばすにちがいない逸品だった。競りではなく入れ札で落ちたので、買い主がわからずに悔しい思いをしていたところだったのだ。

「いつから、古民具に？」

商売替えをしたのだと、ちょっと恨みがましい気持ちをこめて問うと、顔色を曇らせて、

「いろいろと手を広げないと、たいへんなんだよ」と、竹島は頭を掻いた。

「そうだ。先程の長火鉢に抱き合わせがあったでしょう」

「ああ、ジャンクカメラが三十個ばかり」

不景気の影響は我々の業界といえども無縁ではない。長火鉢のように筋の良い品物に、別の売れ筋ではない品物を抱き合わせて流すという、かつては邪道だった商法が最近では多くなった。ジャンクカメラとは、その名のとおり壊れたカメラのことだ。それもメーカーの交換部品の保管期限をすぎているために、修復のしようがなくなったものを指している。もっ

ともマニアの中には器用に部品を再生させる者も少なくないし、ジャンクカメラから部品を取り出して、別のカメラの修復をするという使い道もある。一個千円〜二千円程度の値段をつけておけば、そこそこに動いてくれる商品だ。とくに最近の写真ブームを受けてか、若者の多い下北沢では、よく売れる。

「あれ、わたしに流しませんか」

「いいよ、きみの仕事場を荒らしたお詫びだ。金は要らない」

「それは困ります」

「いや、気にしないでくれ。あとで届けさせるよ」

そういって、話もそこそこに竹島は人込みの中に紛れてしまった。

（二）

古物商の店にやってくる人間はさまざまだけれど、冷静に観察すれば数種に分類することができる。

まずはお客様。「素見《ひやかし》」という語を冠してもかまわない。マニアは財布に何十万もの札を忍ばせて店内を歩くということは絶対にしない。もともとが趣味以外のなにものでもない世界だ。へたに金に余裕があると、欲しいという気持ちが先に立ちすぎて、目利きを曇らせる結果にもなる。数回にわたって素見に素見を重ね、ようやく気にいった品物を見付けたら、さり気なく店主に前金を払ってすぐに銀行のキャッシュコーナーに飛び込むというのが、冷静かつ賢明な客の姿である。中には純粋なる素見客も少なくないが、そうした客はこちらが相手をしようとすると怯えたような表情で帰っていくから、店には利益も実害もない。

次は同業者。市で売り先が決まらず、さりとて持ちかえるには交通費と保管費がもったいない場合は、その足で周辺の古物商を回って引き取り先を探すのである。もちろん、市よりも何割か値を引くのはいうまでもない。それをさらに買い叩くのが、優秀な古物商の条件のひとつでもある。

そして、もうひとつ。我々の天敵であり、もっとも招かれざる人種が存在する。古物商を営むには警察からの鑑札を受けねばならない。統轄部署は生活安全課だ。かつては防犯課と呼ばれていた部署であると説明すれば納得がゆくかもしれない。彼らにしてみれば、古物商の世界こそは、盗品が跋扈《ばっこ》する悪の巣窟以外のなにものでもないらしい。せっかく筋の良いものを仕入れた翌日に、ひどく面構えの悪い二人組が、分厚いリスト片手に店にやってくることを想像してほしい。「ああ、こりゃあ足跡がついている」と嬉しそうにいわれたときの絶望感は、筆舌に尽くしがたいものがある。すなわち盗難品、もしくは犯罪に関係した「証拠品」であるということだ。

その客……を見たときにも、わたしは無意識に分類を試みていた。ぬっと音もたてずに入ってきた客が、店内を見て回る姿を観察した。

――素見の客ではないな。

外が炎天下のせいもあるが、縦横にしわの入ったクリーム色の上着を平気で着込み、ネクタイをだらしなく緩めた姿はサラリーマンには見えない。ましてや営業職の人間が、ちょっと素見に寄った風でもない。かといって同業者でもない。しいていうなら、まとった空気が警察関係者に似ていなくもないのだが、彼らは悠然と店のなかを見て回るようなゆとりを、気持ちにも時間にも持っていない。

「なにか、お探し物ですか」

この言葉は、我々の業界の万能用語のひとつである。得体の知れない客、あるいは不埒《ふらち》にも黙って店の商品を持ち去る素振りの客には、まずこの一言で牽制球《けんせいきゅう》を投げるのである。

男が無表情に顔だけをこちらに向け、数呼吸ののちに不意に笑った。上目遣いの笑顔が固まったように微動だにしない。それだけで十分に、人の神経を逆撫でる威力を持っている。

「いえ、別に。どうも」といって店を出ていった男の印象が、いつまでも消えなかったせいだろうか、

「どうしたの、怖い顔して」

という学校帰りの安積の声を聞いても、しばらくは反応することができなかった。何度か「ねえねえ」と話しかけるのへ生返事を続けていると、突然安積が爆発した。

「だから、さっきから聞いているでしょう！」

「なにを？」

「もお〜！　絶対にあったまきた。人の話なんて全然聞いちゃいないんだから」

「悪かった。だからもう一度話してくれないか」

「あのね、こないだのなんとかいう人のポスター」

「ポスターじゃない。アートだ。それにアンディ・ウォーホルの名前くらいは教養として覚えておかないか」

「そんなことはどうでもいい。あれっていくらくらいするのか、聞いているの」

「教えない」

「どうして」

「オレのいない間に、どこかに消えてしまう可能性があるから」

「ひっど～い！　あたしがそんなことをする少女に見えるんだ」

「主観的に見ても客観的に見ても、非常に可能性が高いナ。とりあえずいっておくが、あれが消えて、もしも犯人の目星がついたら、そいつは大きな新聞記事のネタになる。アンディ・ウォーホルのオリジナルを盗んだとなると、未成年でも相当に騒がれるぞ。万引きなんぞとは比べものにならない騒ぎだ」

「うっ、そんなに有名な人？」

「なんてことを聞くところを見ると、値段次第では黙って店から消すつもりだったな」

何度も顔の前で手を振り、「ちがう、ちがう」と安積はいい続けるが、その顔色と開ききった瞳とがわたしの推測を肯定していた。だとしてもここまでポーカーフェイスが苦手では、犯行はほぼ不可能といってよい。そうでなければ、店への出入りなど許すはずもないが。

「ところで、サ」と、安積が話を変えた。こうしたときのタイミングの良さはほとんど天才的だ。たぶんこの能力だけで、世間の荒波もうまく渡っていけるのではないか。

「店の近くにおかしなのがいるんだよ。物陰からこちらをうかがうみたいにして」

言葉が終わる前に、先程の男のことを思い出した。

「クリーム色の上着の男か」

「ううん、ちがうよ。越名さんが嫌いな、鼻ピアスでジーンズを臍《へそ》の下まで下げているような奴。ついでに衿《えり》のよれた黒のシャツ着てる」

「そうか……誰だろう」と記憶を探ろうとしたときに、安積がシャツの袖をひっぱった。視線で店の入り口を指している。そこに、安積の情報どおりの男が立っていた。年齢は未成年と成年のボーダーライン辺りか。どこか怯えたように「アノ……これ、いくらですか」と男が手にしているのは、入り口近くのワゴンに積んであったジャンクカメラだった。

例の男が再び店に現れたのは、五日後のことだった。

わたしはジャンクカメラのひとつの裏ぶたを開け、フィルムを収める部分の修復を行なっていた。欠け落ちたパーツをパテでつけ、固定用のテープの代わりに眉隠し用の絆創膏の粘着部を切って貼り終えたとき、空気の異常を感じ取った。男が今しも店に足を踏み入れようとしていた。音もなく滑り込むように店内に入る仕草、クリーム色の上着に入ったしわの具合、ネクタイの緩め方までがまったく同じで、それらすべてがすべて計算し尽くされたものであることがわかった。ただし表情だけがちがう。直線的な視線をよこし、上目遣いの薄笑いも浮かべずに近付いてきた。

――なにものだ？　いったい……。

「あの……表のワゴンのカメラですがね」

喉の天井で反響させたような、金属的な声で男がいう。

「ジャンクカメラですね。なかなか古くて形の良いものが揃っているでしょう」

「でも壊れているのでしょう。それにあんなに古い型のカメラを誰が買うんです？」

「若い人たちがお求めになりますね」

この言葉に男の表情が一変した。「ふん」と人を馬鹿にしたように鼻を鳴らし、「やはりそうか」と続けたときには声の質まで変わっていた。男の意図はわからないが、けれどこれくらいで落ち着きをなくすほど、わたしも初心《うぶ》ではない。わざとのんびりした口調で、

「若い人の間では、マニュアルカメラが流行っているそうですね。我々はオート機能がなければとてもじゃないが扱えませんが……。露出からシャッタースピードまで、自分で測って撮影しなきゃいけないカメラのどこがいいんですかね。銀座辺りの中古カメラ店では、仕入れが追い付かないほどの売れ筋商品だそうです」

といってやった。

「知っているよ」

「ほお、カメラがお好きなのですね。だったらどうです、ジャンクカメラではなく、コダッ

ク社が六〇年代に出したもので、保存の良いものがありますよ」

「いい。興味があるのはジャンクカメラとそれを買う連中。薄汚い裏事情を知っていながら売り付けている連中のことだ」

口調に強い悪意が滲《にじ》んでいる。わたしはそれでも男の正体を摑みきれないでいた。狐狸の類に喩えることが妥当であるかどうかは別としても、この男の得体の知れなさは生半可ではない。

――あるいはこの口調さえも挑発のための作り物かも……。

狐と狸が茶飲みついでに化かし合う骨董の世界で、わたしは曲がりなりにも日々の糧を得ている人間だ。人の裏と表が簡単に決められないことも知っている。

「知っていますか。ジャンクカメラにはいろいろな使い方があります」

修復用の部品を取り出す例などを説明し、

「最も需要が多いのがレンズです。古いカメラはしばしばレンズに傷があったり黴が浮いているものでしてね。するとレンズそのものを削るしかありません。もちろん焦点距離も微妙に変わり、ひいては画質も変わるのです」

「だからジャンクカメラから傷も黴もないレンズを取り出すと？」

「そういう使い方もあります」

「表向きはそうだろうなあ。駅前を歩くと、なるほどアンタのいうとおり古いカメラを持った連中を見かけるよ。でもそうじゃない使い方をする連中もいる」

二人のやりとりは、一個の壺、一幅の書画を前にした売り手と買い手のやりとりに似ていなくもなかった。男は懐にとんでもない爆弾を抱えている。いざとなったら迷わずにそいつに火を点けることだろう。その前にわたしは爆弾の正体を読んで、効力を無価値にしなければならない。得体の知れない危険が迫っていることは確かなようだった。それでも……というよりはだからこそ、わたしは興奮を抑えられなかった。

「古いカメラという奴は、機能美の一点において現代のカメラを凌《しの》ぐものがあります。未熟な技術と素材をカバーするための形状はときにユーモラスでありさえする」

「だが、そんなものをオブジェにするような奴がいるものかね」

「美意識は共通認識ではなく個性ですよ」

「論争をしかけているんじゃない。アンタがジャンクカメラの裏の使われ方を知っているかどうかを、聞きたいんだ」

わたしは、自分のうかつさを嘲笑いたい気持ちになった。

——そうか、そういうことか。

「裏の使い方ですか……なるほど、あなたは保険会社の調査員でしたか」

男の表情がまた変わった。

一変して今度は人懐こい笑顔を浮かべ、内ポケットから名刺を取り出した。

「ようやくわかっていただけましたか。わたし、東西保険の椎名《しいな》といいます」

「その笑顔は本物ですか、それとも演出ですか」

「もちろん……本物……かな？」

「まあいいでしょう。ということは保険会社の調査部が動くほど、事例が増えているということですね」

うなずいた椎名が「かなり深刻です」と付け加えた。わたしはこの場に長坂安積がいないことを天に感謝した。どうやら良心の一部に先天的な欠陥をもつあのノーテンキ娘には、決して聞かせられない話をしなければならない。

ジャンクカメラの裏の使い方。

つまり海外旅行を利用した少額保険金詐欺の手法が存在することは、わたしも小耳に挟んでいた。海外旅行者の多くが、カメラなどの貴重品には盗難および破損に関する保険をかけている。あるいは旅行会社の手配するパック旅行には、自動的にそうした保険がついている。はじめから壊れたカメラを海外に持ち出し、旅行後に破損を申請すれば、カメラの価格の何割かの金額が戻ってくるという仕組みだ。あくまでも保険対象はカメラだから、戻ってくるのはせいぜい五万〜十万円程度である。けれど今や十万円もあればグアムやハワイに行くことが可能であることを考えれば、この少額保険金詐欺は一回の海外旅行を只にする効力を持っているともいえる。ただし何度も使うことはできない。一度保険金を支払った相手には当然ながら保険会社のマークが入ることになる。あくまでも一度きり。しかもあとで会社が追跡調査をする恐れのない金額範囲での詐欺の手法だ。

――こんな話を安積が聞いた日には……！

にっこり笑いながら次の週には実行しかねない。

「調査部を動かしたのでは、かえって赤字になるのではありませんか」

「件数によります。最近、急激に増えているのですよ。少額とはいえ放置はできません」

「なるほど、一罰百戒ですか」

「ええ。かわいそうだが誰かに見せしめになってもらいます。社ではすでに法律の専門家の指示を得て、詐欺犯を告訴する準備を固めています」

「で、わたしになにを？」

「協力してほしいのですよ。といっても雅蘭堂さんにあるジャンクカメラのすべての製造ナンバーを控えさせていただければ結構です」

なるほどと思った。保険契約の際に機種番号と製造番号を控えておけば、あとで請求があったときにそれが唯一無二の証拠となる。「いいですよ」といったあとで、どうしてわたしの店を選んだのかを椎名に聞いてみた。

「ああ。この間の市で、あなたが大量のジャンクカメラを仕入れたという話を聞きました。それで一度お店にうかがって、あなたの人柄を見定めさせていただいたのですよ。申し訳ありませんが、古物商その人が、組織的に詐欺をやっているという疑いも捨て切れませんでしたのでね」

どうやら竹島とのやりとりがあったことは伝わらなかったらしい。それも別にかまわないと思わせるほど、椎名の口調は気持ちが良かった。これさえも作り物だとしたら、

――こちらの世界に商売替えしたら、さぞや腕利きの古物商になれるだろうに。

そう思ったが言葉にはしなかった。

（三）

ようやく眉が生え揃い、絆創膏が無用になったことを確かめると、今度は絆創膏つきの顔に愛着を覚えるというのは、どんな気持ちの変化なのだろうか。そんなことを考えるわたしの記憶巣からは、ほんの数日前のことだというのにすでに椎名のこともジャンクカメラを使った詐欺のことも、ほとんど消えかかっていた。

「安積、アルバイトをしているつもりなら、このカメラをワゴンに並べておいてくれ」

先日、修理しておいたカメラを指差すと「わかってるって」という、およそ労働意欲の感じられない声が返ってきた。「滅俸だぞ」と伝家の宝刀を抜こうとしたところに、顔見知りの同業者が現れた。市で売れ残った商品を持ち込んだのではないらしい。視線で表を指すと、ぐっと顎を深く沈めてうなずいた。「安積、ちょっと出てくる。店番を頼むぞ、さぼるな、値段のないブツを勝手に売るな、物を壊すな」と、思いつくかぎりの注意を与えて店を出た。背後で「人でなし！」という声がしたようだが、聞こえないふりをした。

近くの喫茶店に入るなり、男が「笈古堂《きゆうこどう》のことは知っているか」といった。笈古堂は、竹島の店の屋号である。

「なにかあったのか」

「相当にやばいらしい。慣れない手形なんぞをばらまきはじめたから、俺の方でも気にはかけていたんだ。家土地も二重抵当に入っているそうだ」

「どうしてそこまで！　あの人ほどの目利きであればそれほどやばいものを押しつけられることもないだろう」

「どうやら、向こうの市仲間に疎まれたらしい。目利きが敵を作っちまったんだ。ああいった地方じゃ、クサんでいる（偽物である）とわかっていながら、互いがたらい回しにして浮き利益を稼ぐことがよくあるだろう」

「ババ抜き商売か。だがあのやり方は最後に素人がババをつかんで大火傷《おおやけど》をすると相場が決まっている」

「それを考えたのだろう。拒んだ挙げ句に、からくりを暴いてしまったんだと」

「そいつは……！」

骨董の世界の秩序は正義によって守られているわけではない。そんなことは竹島にも十分にわかっていたはずではないのか。よほどひどい余所者《よそもの》扱いを受けて、理性を失ったとしか考えられなかった。

「挙げ句に、輸入アンティーク家具にまで手を出して、火傷をひどくした」

「自分の守備範囲から飛び出せば、どんなことになるかもわからなくなってしまったのか」

大きな火傷を負った古物商が、やがてその目利きまで曇らせ、転落してゆく例は少なくない。落ちた古物商の前には、かならずといって良いほどさらなる転落の坂道が待っている。そうした人間と付き合うことは、すなわち転落の道連れになるということでもある。

「それがこの世界の常識だろう」

「理屈ではわかっているんだが、どうも信じられんナ」

「信じる信じないは雅蘭堂の勝手だ。こないだの市で、お前さんがあの人と話しているのを見かけたからな。一応は忠告しておいたほうがいいだろうと思っただけだ」

そういわれると、なにも言い返せなくなった。

「すまない。この借りはいつか返す」

わたしは竹島がわたしの守備範囲である古民具にまで手を出したことを思い出して「あのな」と、同業者に声をかけた。

「どうした？」

「例の市で竹島さんは長火鉢を入れ札で落としている。その価格はわからないかな」

「わかると思う。あれを出した男をよく知っているから」

「じゃあ、借りついでにそれも調べてくれないか」

軽い商談をその後にすませ、男と別れて店に戻ると、いつかアンディ・ウォーホルのオリジナルを三千円で買い取ろうとしていた恐るべき女子高生が、安積と談笑していた。同業者との話で陰々としていたところへ、止《とど》めを刺された気持ちになったことはいうまでもない。

自営業者の、しかもあまり忙しい店の経営者ではない自由と特権とを振りかざして、

「店を閉めるぞ」と宣言すると、信じられないことに、

「もったいないよ。もう少し店を開けておこう」

安積の反論が返ってきた。

「どうした、急に勤労意欲に目覚めたのか」

「それが……ね」と、たしか真奈美とかいう少女が声を楽しげに潜めると、とたんに安積がゆで卵に似た柔らかな顔の輪郭を朱に染めた。

「どうしたんだ。悪いものでも食べたか」

「違うんです。さっき表の壊れたカメラを買いにきたのが、超ビンゴ！　安積の趣味に合わせて生まれてきたようなお兄ちゃんだったの」

「はい？」

「その男の子が、安積に『また来ます』って、声をかけたというわけ」

「だからってお前……まさか今日のうちにまた次のカメラを買いにくるわけがないだろう」

俯いたままの安積に代わって、真奈美が声を荒らげた。

「ほんとうに無神経！　おじさんてさあ、女の子の気持ちがわからないんだね」

「ひとの歳をいくつだと思っている。高校生に媚《こび》を売るには薹《とう》が立ちすぎているんだ」

それに、頼んで店番をやってもらっているわけではないといおうとして、レジのなかの千円札が増えていることに気が付いた。

「ジャンクカメラの他になにか、売れたのか」

「ううん。カメラが二個売れたの」という安積の返事を聞いて、わたしの勘がようやく事態の異変に気付いた。同時に保険調査員の椎名のことを思い出した。いくら下北沢が若者の街でも、ジャンクカメラが日にいくつも売れるはずがない。古道具屋とはそうした商売ではない。考えをまとめようとしたところへ、安積の「ひゃあ」という形容しがたい悲鳴があがった。声質からは恐怖ではなく歓喜の響きが色濃く感じられる。続いて大人になりきれない中性的な男の声が「さっき買ったジャンクカメラだけど」と聞こえた。

「ジャンクカメラがどうしましたか」

「すみません。種類を間違えたみたいで」

「お取り替えですか。本来は認められないのですが。まあいいでしょう」

会話しながら、わたしは声の主を素早く観察した。栄養そのものが足りないだけでなく、腹の中に悪い虫でも飼っているのではないかと思えるほど、細い体の線。黒のシャツと綿パンの間に贅肉の一切ない胴がのぞいている。しかし知りたかったのは容姿ではなく、男のまとう空気だった。果たしてカメラのマニアなのか、あるいはジャンクカメラでよからぬことを企む輩《やから》なのか。

男はバッグから一台のジャンクカメラを取り出し、レジに戻した。まるでわたしの視線を避けるように店内を擦り抜けワゴンへと向かう。ワゴンのなかをしばらくかき回し「これだ」と、取り上げたカメラをこちらに見せて、足早に立ち去っていった。二分にも満たない間の出来事に安積が「ああっ」と今度こそ本物の悲鳴を上げた。が、わたしの思考回路には過去と現在のデータが明滅し、錯綜《さくそう》して、まったくちがう「解」を求めようとしていた。

――なにかが食い違っていないか。

しかし最後まで方程式を解くことができず、答えの端緒が見つかったのはずっとあとになってからだった。


「なるほど、そういうわけでしたか」

竹島から譲り受けたジャンクカメラが、残り二つ三つになった頃、雅蘭堂は警察官の訪問を受けた。わたしの説明に納得すると同時に、警察官には新たな好奇心が湧いたらしい。

二日前のことだ。保険調査員・椎名の遺体が、晴海埠頭《はるみふとう》に浮いた。

椎名の遺体のポケットに、店とわたしの名前、それに意味不明のナンバーを書き綴ったメモ帳が見つかったのだという。椎名の事件をニュースで見てすぐに、わたしは警察の訪問を予感していた。別に当方にやましいことはない。いっそ自分から出頭して知っていることを話しても良いと思っていたところに、唐突に二人の警察官がやってきたのである。

「まさかあの番号が、ジャンクカメラの製造番号だったとは」

「保険金詐欺を働けば、あの番号がなによりの証拠となります」

「うまいことを考えましたねえ」

「保険会社の調査部は、ある意味で警察に匹敵するプロなのでしょう」

安積には十日ばかり顔を見せないように釘を刺しておいたから、わたしも警察官の話に徹底的に付き合うことにした。

「すると、椎名氏は保険金詐欺を告訴しようとして、逆に犯人に殺害された、と？」

「それは……わかりません。説明したように、この詐欺の特徴は、本来なら調査対象にもならないような少額であることです。たとえ保険会社が告訴したとしても懲役刑になることはまずありません」

「ですが、こんなことを考えるのは金のない若い連中でしょう。たとえば就職が内定した大学生に詐欺罪での告訴をちらつかせて」

口籠もる警察官の言葉の先は、わたしにも容易に理解できた。わたしが思うほどに椎名が職務に忠実ではなく、もっと目先の利益を考えたなら迷わず脅迫に走るはずだ。「あるいは詐欺がもっと組織的なものであれば」ともうひとりの警察官が続けた。

「この犯罪は直接的な金銭利益を生まないのですよ。あくまでも一度きり、海外旅行を限りなく只に近い値段で楽しむという程度の詐欺です。いくら組織的にやったところで……」

「ではやはり、椎名が誰かを脅迫していたということでしょうか」

「そうなると、わたしの想像を超えてしまいますね。彼が店にやってきたのはたった二度ほどですから」

「もしも椎名が脅迫をしていたとすれば、犯人がその前に保険金の請求をしていなければなりません。東西保険にも話を聞いたのですが、どうもやりづらい。連中、情報公開という言葉を知らないらしい。なにかというと守秘義務を持ち出すのですよ」

それは警察も同じでしょうというと、警察官たちは顔を見合わせ、二人して頭を掻いた。

「カメラには電子部品が多く使われていると聞きますが」と話を変えたところを見ると、同じことを保険会社の人間にいわれたのかもしれなかった。

「ジャンクカメラであればカメラとしてでなく、産業廃棄物のひとつとして、かつてのココム対象国へ輸出できる……とか？」

「そうです。詐欺などではなく、電子基板をひそかに輸出するための組織があったとか」

「それは奇抜なアイデアですが」

「だめですか」

「ジャンクカメラは古い機種が多くて、電子基板はほとんど使われていません。中には自動露出機能もないものもあったほどですよ」

警察官は一応はため息めいたものを吐いてみせたが、二人がすでに椎名による脅迫という線に落ち着きつつあるのは確かだった。なんどかカメラを買っていった客の人相風体を聞き出そうとしたが、わたしが覚えているのは数人の、しかもほとんど記憶ともいえない程度の情報しかなかった。

警察官が帰ったあとで、わたしは店先のワゴンを奥へとしまおうとした。縁起を担ぐわけではないが、どうにも気分が良くなかった。二つ三つのカメラは売れ残っていたが、廃棄処分にしたところで、

——雅蘭堂の経営情況に深刻な影響を与えるものではないからな。

何気なく手にしたのは、いつか内部のフィルム収納部に修理を施したカメラだった。とたんに背筋に粟立つものを感じたが、それがなにゆえなのかはわからなかった。どうもこのところ気配や予感といったものに振り回されるくせに、肝心の所が摑みきれないでいる。掻痒《そうよう》感《かん》が苛立ちに成長するのに時間はかからなかった。

――そういえば。

「あの時パテを固定するために絆創膏の粘着部を使って……」

フィルム収納部は表からも中身がわかるように小窓がついている。そこに見えなければならない絆創膏のテープが見えない。わたしにはテープを外した覚えがないというのに、だ。もちろん、押し掛けアルバイターの安積が気を利かせた、などという仮説は立てるべくもない。

「どういうことだ」

言葉にしたのと、わたしの携帯電話が鳴るのが同時だった。「雅蘭堂かい」と素っ気ない口調でいったのは、例の同業者だった。

「笈古堂の件だけど」

「ああ、長火鉢の落とし値がわかったのかい」

同業者が告げた値段は、相場を大きく上回っていた。下手をすれば売り値をも凌ぐほどの高値だ。竹島がどうしてそんな馬鹿なことを、と思いながら電話を切り、カメラの裏ぶたをあけてみた。

錯綜する情報のすべての答えがそこにあった。

（四）

あまり顔を出したことのない、ということは顔も利かないいくつかの市を、わたしは一週間ほどかけて尋ねて歩いた。店は閉めていない。安積とは別の、臨時のアルバイトを雇っているのだ。

足立区のさる骨董商が開いている市で、わたしはようやく目的に巡り合うことができた。が、声をかけることがためらわれ、しばらくは遠目に観察していた。わたしが知っている顔が、わたしのまるで知らない表情で競り市に参加していた。古物を扱う商売がある種の騙《だま》し合いであることは誰にも否定できない。

——だからって、踏み込んではいけない領域はあるんだ。

踏み込んではいけない領域に足を踏み入れた人間は、その顔つきまで変わることをわたしは知って、ためらいを捨てた。

「竹島さん」と声をかけた。

「よう、越名。ちょっと待ってくれ。もう少しであの水墨画が落ちそうなんだ」

「落ちませんよ」

視線で表に出るように指示をした。

「なんだって？」

「これだけ鈍い値の動きでは、売り主が嫌がります。ブツを引き上げるのは目に見えていますよ。そんなこともわからなくなっちまったんですか」

「お前……いつからそんなに偉そうなことがいえるようになった」

「それよりも出るんですか、出ないんですか。もし出ないのなら、例の一件を表沙汰にするだけです」

とたんに竹島の表情に怯えの色が走った。「わかった」というその目の奥に、怯えとは別の厭《いや》な光が見え隠れしているのを、わたしは見逃さなかった。短くはない付き合いのなかで、わたしが初めて見る光。かつてわたしに目利きの方法を教えてくれて「お願いだから、こちらのテリトリーには入ってくれるなよ」と笑った竹島からは、想像もできない表情が、わたしの背中を凝視するのがはっきりとわかった。

市の会場を出て、すぐ側のソファーを示すと「いや、もっと向こうで話そう」と竹島はいった。建物の外を指差したが、

「ここで済ましましょう。外は駄目だ。人気のないところはなおさら駄目……です」

「どうした。まるでおれがお前になにかするような口振りだ」

「少なくとも、あんたは人をひとり……」

言葉を続けることができなかった。代わりにポケットから取り出したものを竹島に放り投げた。受け取った竹島の頰が数度震えて、卑屈な笑顔に変わった。人目がなければ殴り付け、

踏み潰して目の前から消し去りたくなるような笑顔だった。

「あれは実験のつもりだったのですか。うまくいけば山形の店でも続ける気でしたか」

「…………」

「沈黙は、肯定と受け取っておきましょう」

竹島に放り投げたのは、フィルム本体を密閉しておくパトローネである。表面を黒く塗り潰してあるから、表の小窓から見てもフィルムが入っているとは、誰も思わない。

「どうしてわかった？」

「あんたが長火鉢を落とした値段を調べた。とても常識じゃ考えられない値段で落としていたでしょう。それで、もしかしたら必要だったのは火鉢じゃなくて、ジャンクカメラのほうかもしれないと考えた」

「まさか気が付くとは思わなかった」

「わたしが市に参加していることはあらかじめ調べてあった。なんとか理由をつけて三十個ものジャンクカメラを押しつけることが最大の目的だったのでしょう」

遣り切れない気持ちが体から溢れ、五感のすべてを押し包む気がした。

「どうして、保険調査員を殺す必要があったんですか」

「……殺したのは……おれじゃない。薬を回してくれる組織の人間だ」

「それにしても、なんてことを考えたんですか。ジャンクカメラに薬を仕込んで、取り引きするなんて」

またもや竹島は沈黙した。だが、わたしはすでに生活安全課の警察官から、そのあたりの事情を聴いていた。非合法の薬のやりとりでいちばん危険なのは、薬と金とを交換する場面なのだそうだ。売り手と買い手の双方が検挙され、ひいてはせっかくのルートそのものを根こそぎにされかねない。そこで考えられたのが今回の方法だ。売人は金を受け取ったら黒いパトローネを仕込んだジャンクカメラの機種を教えてやるだけでいい。

竹島はこの取り引き方法が果たして実用的であるか否か、わたしの店で実験を試みた。その成否を見届けるまで、竹島が東京を動くはずがないと読んで、わたしは各地の市を探し回ったのだ。

「あいつは……」と、竹島がいった。椎名のことを指しているらしい。

「彼がなにをしたんです？」

「お前の店でジャンクカメラを買ったヤク中の男を、ご丁寧に尾《つ》け回したのさ」

それが計画を狂わせる発端となったのである。

「どうしてこんなことに」

「金だよ。おれたちの商売は一にも二にも資金力だ。ちょっとしたつまずきから資金繰りが苦しくなった。銀行、消費者金融の次に金を借りたのは、組系の街金融だった。それだけのことさ。二進《にっち》も三進《さっち》もいかなくなって、命で清算してもらうといわれたら、お前だって同じアイデアを思いつくだろうよ」

そんなことはないといおうとして、わたしは言葉を呑み込んだ。清濁はいつだって背中合わせだ。それを知りつつあえて正義を口にするのは、傲慢でしかない気がした。

「あとひとつ。もしも他の人間がジャンクカメラを落としたらどうするつもりだったのですか」

「わからないか。あの長火鉢もカメラも、おれが手を回したものだよ。他の業者を使って足跡がわからないようにしてな。二つをくっつけておけば必ずお前が競り落とすと踏んだ。ところが市の主催者側の都合で、競りではなく入れ札にするというじゃないか。仕方がないから法外な値段でおれ自身が落とすしかなかった」

「そういうことだったのですか」

竹島が話を変えるように、口調を変えた。

「店はどうした、今日は定休日じゃあるまい」

「店員がいます。臨時雇いの。ジャンクカメラも新たに仕入れておきましたよ」

「そうか。臨時雇いの店員は生活安全課の捜査員だな」

「プロに対抗するには対極のプロを配置するのがいちばんですから」

竹島はもうわたしを見ていなかった。彼の目にはすべての風景が虚ろで、無意味なものに見えたはずだ。

「さっきの水墨画、ナ。やはり売り主が引いただろうか」

「まちがいありません」

「そうか、やはりおれは目利きの腕まで落としちまったんだな」

それが竹島を見た最後だった。

わたしの店のジャンクカメラに黒いパトローネを仕込んだ男と、その背後の組織がすべて逮捕されるまでに二週間とかからなかった。ちなみにいうと、安積のお気に入りだった例のスリムボーイは、非合法薬の常連客で、これもやはり逮捕された。客の大半は未成年だったそうだ。


事件ののち、一週間ほどしてから真奈美が店を訪ねてきた。

「安積は今日はいないぞ」

「知っている、だから寄ったの。ねえあのアンディ・ウォーホルだけど、いくらなら売ってくれる」

「なんだ。アンディ・ウォーホルの価値をはじめから知っていたのか？」

「だってあたし、美術学校への進学志望だモン」

「じゃあ、価値を知りながら安積の無知を利用するつもりだったのか」

そりゃあ安積に顔を合わせられるはずがないと、呆れながらも不思議と腹は立たなかった。

「いくらなら買う」

「二十万円なら即金、貯金があるの。それ以上なら毎月のアルバイト料から少しずつ……じゃあ駄目？」

「おかしなアルバイトじゃあるまいな」

「冗談きついよ。ファーストフード店だって」

「じゃ、月々二万の十回払いではどうだ」

「四十万でいいの！　買う、絶対に買う」

女子高生が四十万円もの買い物を即座に決める。そんな世の中が正しいかまちがっているかはこの際関係ないし、四十万円では安すぎることも気にしないことにした。それよりも久しぶりに真っ当な商売が成立したようで、そのことがわたしには嬉しかった。

古九谷焼幻化

（一）

かつて猪狩《ししが》りの名人に聞いた事がある。狩りはしばしば、今日は無駄足だったかな、そろそろあきらめて帰ろうかなというときが、もっとも獲物に巡り合いやすいそうだ。適度の疲れとあきらめとが、かえって嗅覚を鋭くさせるのかもしれない。

「あの、お一人でご旅行ですか」

わたしにかけられた声を聞いて、その古老の猟師の教えが頭に浮かんだ。

金沢市の中央を貫く百万石通り、香林坊《こうりんぼう》と近江町《おうみちょう》市場のちょうど中間にあたる尾山神社でコンパクトカメラを構えるわたしは、そろそろホテルへ引き上げるつもりだった。すでに金沢に滞在して四日である。思いがけない反応の悪さに、自分の読みの甘さを反省しかけていたところだ。

「ええ、ちょうど仕事が一段落したもので」

「金沢は初めて？」

声の主の姿を確認すべく振り返ると、二十代も後半の落ち着いた空気をまとった女性がほほえんでいた。色調が濃いめのベージュのコートの下にタートルネックのセーター、カジュアルというにはシルエットが落ち着きすぎているが、それが十分に魅力的な、要するに人目を引く容姿の女である。

「お写真、撮りましょうか」

「ありがとうございます。じゃあ神門をバックに入れて」

「この門は、和漢洋折衷といわれているんですよ。国の重要文化財です」

「へえ、そうなんですか」

「お一人では、金沢は広くて大変でしょう。そうそう、この尾山神社の庭園は、茶人で知られる小堀遠州の作ですよ」

「知らなかった。ガイドブックだけでなんとかなると思ったのですが、甘かったですねえ」

わざと無邪気な口調を作り、表情もなるべく無防備――同業者にいわせると、いつだって無防備な表情をしているというが、それはわたしの目が極端に細いからだと反論することにしている――を装った。すると女性から思いがけない、というより予想通りの言葉が発せられた。

「もしよろしかったら、市内をご案内しましょうか。わたしもちょうどオフですし」

「いいんですか。わたしとしてはありがたいお言葉ですが」

「金沢の魅力を十分に知っていただきたいだけです。気になさらないで」

ありがたく提案を受けることにして、わたしと小宮山恵子《こみやまけいこ》と名乗る女性はタクシーに乗り込み、兼六園へと向かった。冗舌というわけでなく、必要なことを簡潔に説明する小宮山恵子の解説は、絶妙だった。華美は嘘の匂いがすることを、十分に知り尽くしている、プロの口調ともいえる。

兼六園を出て、タクシーが長町の武家屋敷跡を目指す間に、

「お土産を買って帰る相手がおありなのでしょう、越名さん」

小宮山恵子が、ようやく待ちかねていた言葉をかけてくれた。

「ええ、そうなのですよ。妻がどうしても加賀友禅の帯を買ってこいとうるさくて」

もちろん、わたし越名集治に妻などいない。けれどわたしはこの言葉を待っていた。

「ちょうど良かった！　わたしのお友達にちょうど手描き友禅の工房をやっている女性がいますのよ。あとで寄ってみましょう」

「でも手描き友禅というと、値が張るのではありませんか」

「お友達だといったでしょう。値段も十分に勉強してくれるはずです」

「いやあ、願ったり叶ったりだ。いいんですか、なにもかもお世話になってしまって」

「こういう出会いも、旅の魅力のひとつだとは思いませんか」

長町につくと、彼女がちょっと電話をしてくると通りの反対側の公衆電話ボックスへと走っていった。すると、先ほど降りたばかりのタクシーがすっと近寄ってきて、運転手が「お客さん、逃げたほうがいいよ。あれは詐欺師だ」と忠告してくれた。

「わかっているさ。忠告に感謝する。だがわたしはあの女に用があるんだ。彼女に気付かれないうちに、行ってしまってくれ」

「……なんだ、サツの旦那か」

タクシーの運転手が、意味ありげな笑顔を残して去っていった。

――サツの旦那ね。

わたしは下北沢で趣味骨董の店《雅蘭堂》を開く、ただの男であって、警察の関係者ではありえない。もっともわたしたちの商売、所轄警察署の生活安全課が発行する鑑札がなければ営むことができないのだから、まるで無関係というわけではないが。

「お待たせしました」と、小宮山恵子が戻ってきた。

土塀と石畳の街を、妙齢の女性とそぞろ歩くことが苦痛であろうはずがない。けれどわたしには別の目的があった。加賀百万石の情緒を味わう楽しみは次回に譲ることにして彼女に「工房はこの近くなのですか」と問うてみた。

「いいえ、タクシーで十分ほどの場所ですよ。もう少し散策してからいってみましょう」

どうやら、工房の準備が整うにはもう少し時間が掛かるらしい。はやる気持ちがないわけではなかったが、わたしは敢《あ》えて小宮山恵子に逆らわなかった。さらに小一時間ほど散策をしてからタクシーを使い、浅野川の畔に出た。かなりの距離を歩いたはずだが、不思議と疲れはなかった。それほど恵子の誘導が巧みであるということか。昔はこの川でも友禅流しをする姿が見られたと小宮山恵子は語り、ようやく「工房にいってみましょうか」と誘ってくれた。

「正真物の加賀友禅は、一反仕上げるのに十三の工程と六ヵ月の期間が必要といわれているんですよ」

「それはすごい」

「本来は手描きでなければ加賀友禅とはいわなかったそうですが、戦後は型紙を使用したものでもこの名前を許されるようになりました。ああ、でも、今から行く工房では、本物の手描き友禅しか作っていませんから」

「いやあ、楽しみですねえ」

恵子が案内してくれたのは、浅野川の反対の岸辺に建つマンションの一室だった。一室とはいうがひとつのフロアを二つに区切っただけの一室だから、広さは相当にある。入り口のドアに、木彫りで《友禅工房・あすか》という、簡素な看板がかかっていた。招待する客によっては、漆塗りの工房にも九谷焼の工房にもすぐに変身することができると、自ら語るような看板である。「どうぞ」と誘われ、なかに入ると、一応は加賀友禅の工房らしい雰囲気のある空間がそこにあった。唇に糊篦《のりべら》をくわえ、布地に細工を試みるような動きをしていた女性の人影が、こちらを向いて軽く会釈した。小宮山恵子よりは十歳ばかり年長に見える、いかにも職人らしい飾らない服装の女性である。

「彼女は工房の責任者で、増村《ますむら》あすかさん。あすかさん、こちらは先ほど電話でお話しした越名集治さん。観光でいらした方よ。友禅に興味がおありなんだって」

「ああ、そうですか。申し訳ありませんがわたしは作業中ですので、適当にそちらにある作品を見ていってください」という、増村あすかの口調はあくまでもそっけない。恵子の「御免なさい、職人気質の人で」という言い訳までも、なにやら本物の工房にまぎれこんだような錯覚に襲われるほどであった。

——やるもんだ、なかなか！

が、小宮山恵子が「あすかさんの作品です」といって取り出してきた数本の帯は、彼女たちコンビの馬脚を白日のもとに曝《さら》すのに十分な出来といえた。

「すばらしいでしょう。これほどの友禅を仕上げることのできる職人は、最近少なくなっていますのよ」

「そんなことはない」と、わたしは声質まで変えていった。二人の女性の視線がわたしに固定したまま動かなくなり、あたりの空気が険悪なものへと変質しようとしていた。

「なにが手描き友禅だ。これは先ほどあんたがいった型紙仕様でさえもない粗悪品だ。つまりプリント柄だな。おまけに技術レベルが低いから、せっかくの図柄が一ミリ近くもずれているじゃないか」

「なっ、なんてことを！」

「それからあすかさんとかいったっけ、その下絵に糊をのせるには箆の先が少し太すぎやしないか。職人を気取るならもう少しデリケートにならないと」

あすかと名乗った女性がゆっくりとこちらに近寄ってきた。

「あなた、観光客ではないわね」

「すまない。商売の邪魔をするつもりはなかったんだが、どうしてもあんた方の上にいる人間につなぎを取りたかったんだ。だから剣呑な真似をしてしまった」

「上？　いったい誰のことをいっているのかしらね」

「お願いだ。ここまで手の内をばらしているのだから、へたな空っとぼけはナシにしてくれないか。犬塚《いぬづか》の狸にどうしてもつなぎを取ってほしいんだ。東京の雅蘭堂が話があるといってくれれば、わかるはずだ」

そういってわたしは、投宿するビジネスホテルの名前と電話番号を、名刺の裏にメモして増村あすかに手渡した。長居をして、これ以上相手の粗探しをするような真似は得策ではないことは十分にわかっていたから、二人がなにか言葉を発する前に工房を後にした。背中に確かな憎悪の圧力を感じながら。

浅野川に架かる彦三大橋を渡るとき、十二月の金沢らしい刃物の鋭さを持つ風を頰に感じた。

――犬塚は連絡をくれるだろうか。

「くれるさ……多分」

その声を、唇から離れると同時に風がかき消してゆく。

食事を済ませ、香林坊近くのビジネスホテルに戻ると、犬塚晋作《しんさく》からのメッセージがフロントに届けられていた。

（二）

ことの始まりは、兄・収一《しゅういち》からの一本の電話だった。

兄・収一と弟・集治。名字の「越名」を「古品」に置き換えると、「古品を収集する兄弟」という冗談のような意味が浮かび上がる。わたしは紛れもなく古物商を営んでいるが、兄はというと……正直なところなにをやっているのか良くわからない。美術関係のバイヤーをしていると公言していて、たしかにそんな時期もあったようだが、今もそうだとは絶対にいいきれない。店舗も持たず、住所さえも一定していないのだから、肉親の目をもってしても怪しい人物といわざるをえない。

先月のことだ。兄が香港から国際電話を――ご丁寧に着信者払い《コレクトコール》で――かけてきた。

「金沢にいってくれないか。来月の三日に金石町《かないわまち》というところの旧家で極秘裡に蔵開きが行なわれる。そこに必ず古九谷の壺があるはずだ。それを競り落としてほしい」

「ちょっと待ってくれよ。蔵開きといわれても……僕は古道具屋であって骨董商じゃない。それに古九谷なんて、偽物《ギブツ》だったらどうするんだよ」

「お前の眼で正真物だと思ったら、迷わずに落とせ。ただそれだけのことだ」

「兄さんが帰ってくればいいじゃないか」

「今、こちらで手を離せない用事がある。でなければお前に頼みやしない」

「ふざけるのも、いい加減にしてくれ！」

蔵開きとは、旧家に眠る骨董品を初めて業者に売りに出すことをさす。業者間の手垢がついていない分、物を正当な対価で買い取ることができるし、掘出物が見つかる可能性も高い。この世界に生きるかぎりは、業者冥利につきるといわれるのが蔵開きである。

古道具ばかりを扱っているとはいえ、骨董を見る眼を持たないではなかった。材質、技法を問わず、良いものにはただ「良い」としかいいようのない、ある種の品格が備わっている。こと焼き物には、その傾向が強い。ただし、《古九谷焼》を除いては、である。古九谷という焼き物には未だに謎が多く、名品と呼ばれる物のなかにもかなりの贋作が混じっているとさえいわれる。古物取り扱い業者の鑑札を持っているとはいえ、生半《なまなか》な審美眼で判断して良いシロモノではない。

我を忘れ、ついでに長電話になることも忘れて、収一にそう申し立てたが、聞くような兄ではなかった。どうやら我々兄弟には相手を振り回す役割と振り回される役割とが、生まれながらにして定着しているらしい。「明日にも資金はお前の口座に振り込んでおくから」という言葉ののちに、

「ただし、偽物をつかまされたときには、お前が責任を持って処分しろよ」

と、無理難題以外の何物でもない一言を残して、兄の電話は切れた。

翌日、専門書店に出掛けて古九谷焼に関する資料を買ってはきたものの、泥縄の感が深まるばかりで、気分はマイナステンションに向かって転がり落ちていった。さらに翌日、銀行

がわたしの口座に一千万円の入金があったことを電話で報告してきた時点で、事態は絶望的な情況にすっかり落ち着いてしまった。

——本気かよ、収一兄さん……。

店の権利と商品いっさいを売り払っても、その額には及びそうにない。偽物だったことにして、金をそっくり返すことも考えてみた。が、そうでなかった場合の収一の理不尽そのものの怒りを、まともに受けとめる勇気をわたしは持たない。兄が一千万円もの大金を振り込んできたということは、それなりに信憑性があるということでもあった。

金沢市金石町で行なわれるという蔵開きについて、わたしなりに情報を集めてみることにした。業界は広いようで狭い。裏の情報も表の情報も、完全に隠し通すことなど不可能だといって良かった。極秘の蔵開きというからには、参加する業者は数社に絞られる。せめて競り合う相手のデータだけでも集めておかなければ、それこそ愛しき雅蘭堂を手放すはめになってしまう。

そして五日間、調べ回った結果、参加業者の一人として浮かんできたのが、犬塚晋作の名前だった。

——犬塚か!

ようやく兄・収一の強引なまでのやり方に納得することができた。犬塚晋作は北陸から上越を中心に手広く商売を手懸ける骨董商で、とかく噂の多い男である。親の代までは地元の興行師であったともいう。そのためか裏の世界とのつながりも広く、表と裏とを危ういところで行ったり来たりしながら、相当な利益を上げていることで有名だった。骨董品ばかりでなく、加賀伝統工芸品の偽物を観光客相手にあくどい方法で売り付けていると、どこかで聞いたこともある。

三年ほど前のことだ。収一が九谷焼現代作家の陶芸展を、銀座のさるギャラリーで開こうとしたことがある。その時に地元金沢でのエージェントを務めたのが犬塚だった。どうして悪い噂のある男にエージェントを頼んだりするのかと、普通の人ならば考えるだろう。それがこの世界の不思議なところで、「悪い噂」は決して非難中傷の意味だけを持つ言葉ではない。裏を返せば、それだけ遣り手であるということでもある。収一も何度か窯場を訪れ、展示する作品については吟味を重ねたはずだ。ところが陶芸展を目前にして、ギャラリーに送られてきた作品は、その大半が精巧に作られたコピーだったのである。陶芸展を行なったという事実と、カタログの現物が揃えば、展示品を裏の世界で捌《さば》くことが可能になる。たとえコピーにすり替えられたことに作家が気付き、糾弾しても、その矛先はすべて兄のもとに集中する。展示会の会主は、そうした責任をすべて負わなければならないのである。わたしも店の片手間に兄を手伝っていたから、事件のことはよく覚えている。

幸いなことに陶芸展の前に兄の眼がコピーを見抜いたから、ことなきを得ることができた。が、兄・収一と犬塚の間には埋めようのない確執が生まれたことも事実だった。

——極秘の蔵開きが行なわれる情報を、兄はどこで仕入れたのだろう。

さらに犬塚が競りに参加することを考え合わせると、答えはひとつしかなかった。この蔵開き自体、犬塚が仕組んだ罠であるということである。情報を流したのも犬塚だ。もちろん、収一を陥れるためであり、兄はそれと知りつつ参加することにしたのだ。ただし自らは手を離すことの出来ない事情があるために、弟にすべてを託して。

まったくのところ……迷惑としかいいようが、ない。

わたしは蔵開きの一週間前から金沢入りし、とりあえず犬塚に直接会って反応を見ることにした。互いの腹の中を探り合うのがこの業界の流儀なら、かえってストレートに攻めることで、活路を見いだすことができるかもしれない、そう思った。


友禅染のコンビを虚仮《こけ》にした翌日の午後六時。片町の指定された喫茶店に足を運ぶと、すでに犬塚は店内にいた。わたしの姿を確認するなり、大げさな身振り手振りで、

「おおっ！　よくきた。松井記念館はもう行ってきたか。金沢に寄ったらまず松井記念館だ。知っているだろうジャイアンツの松井秀喜の、あれだ。松井は凄い男だぞ、あの歳でもう記念館をつくっちまうんだからナ」

ひどい濁声《だみごえ》でわめく犬塚の隣に、一分の隙もないスーツ姿の四十がらみの男が一人と、小宮山恵子が座っていた。

「昨日はお世話様」という小宮山恵子の声には、明らかな刺《とげ》が含まれていた。それには応えず、わたしはもう一人の男に視線を集中させた。知らない顔ではなかった。最近はやや下火になっているとはいえ、まだ骨董のブームは続いている。マスコミが骨董品を取り上げるた

びに登場し、辛口の美術評論で知られる武藤健二《むとうけんじ》である。

「武藤……さんですよね」

「どうも」という武藤の声は低く、穏やかだが、特有の緊張感を含んでいた。骨董業者同士が競り市で見せる、かすかな敵意と競争心の滲んだ緊張感である。

「そうですか、武藤さんと犬塚さんが競りに参加するのですね。わたしの情報では新橋のK堂が競り人であったはずですが」

犬塚が笑顔を消すことなく「びびりやがったのさ。俺がいるからって」と、いった。

「それで、わたしが代わって参加することにしたのですよ。筋の良い古九谷なら少々の金は惜しくはない」

武藤の口元に浮かんだ笑みが、自信の程を示していた。

「ところで、雅蘭堂さんよ。昨日はうちの若い連中に面白いちょっかいをかけてくれたそうじゃないか。それほどまでして俺につなぎを取るということは、あんたの兄さんから大切なメッセージでも預かってきたということか。変な根回しなら勘弁してくれよ。俺も今度の蔵開きには期待をかけているんだ」

わたしは少々戸惑っていた。犬塚とは一対一で話をするつもりであったし、その場で今度の仕掛けをしたのはお前だろうと詰問するつもりでもあった。が、武藤健二がこの場にいるとなれば、話が違ってくる。もちろん連れてきたのは犬塚である。自分に不利な質問をされるぐらいのことを、彼ほどの遣り手が想定しないはずはない。

——あるいは、わたしの考えすぎか。

戸惑いが言葉を詰まらせる。が、わたしの側から誘いをかけた以上、なんでもなかったでは済まないのである。

「メッセージというほどのことじゃない。兄はこの度の蔵開きには参加しない、それだけを伝えたかった」

「なにっ！」と、腰を上げた犬塚は表情までも一変させている。が、それは一瞬のことですぐに元の顔つきに戻った。

「ふん、さすがの越名収一も腰が引けたかね」

「そのほうがいいのではないかな。ライバルは少ないに越したことはない」と武藤。

「時と場合によるな。二人で競るとなると値段が吊り上がりすぎることがある。三人くらいがちょうどいいのだ」

「誰が二人で競るって」

わたしは挑発的な口調を作った。

「だから……あんたの兄さんが降りたとなると、競りは俺と武藤さんの二人で行なうことになる」

「わたしが参加する」

犬塚と武藤、そして小宮山恵子の視線がわたしに集中した。たしかに始まりは兄・収一の理不尽極まりない電話であった。が、いつのまにかわたしは、本気で犬塚に挑む気持ちになっていた。

「あんたが？」

「ああ、そのつもりで資金も用意してある。悪いかね」

犬塚の眼が細められ、そして気味の悪いほど抑揚のない声で、

「大歓迎だよ、雅蘭堂さん」

といった。

（三）

金沢市金石町は、海に面した港町である。

ホテルからタクシーを使って三十分程で、金石町の東の端にある『糸井家』に到着すると、玄関口で和服姿の中年女性が「雅蘭堂さまですね」と迎えてくれた。

「武藤氏と、犬塚氏は？」

「もうお見えになっています」

よく磨きこまれた廊下を伝いながら観察すると、視界に映る庭園の位置関係から糸井家がアルファベットのHの形をしていることがわかる。その中心にあたる部屋に犬塚と武藤がいた。が、二人ではない。三人である。どういう訳かまたしても小宮山恵子が同席している。

わたしの視線の動きに気が付いたのか、

「気にしないでくれ。彼女は俺の秘書のようなものだ」

「あんたは秘書に詐欺まがいの片棒を担がせているのか」

「気にしないでくれといっただろう。今日の蔵開き以外のことに口を挟むのはやめろ」

用意された座布団が、小宮山恵子が売り付けようとしたまがい物とは比べものにならない、正真物の友禅であることに驚かされた。

——……！

早鐘のように警戒警報が鳴り響く。もっと事前に調べることがあったのではと、不安感が急速に膨らんでいった。昔からこの業界に伝えられる、古い詐欺の手口を思い出したのである。ある旧家が蔵開きを行なうからと誘われ、ついてゆくととてつもない屋敷に連れていかれる。そこで酒食を振る舞われ、いい気分になったところで見せられた掛け軸などを買い取り、持ち帰ってみるとすべて偽物であったというものだ。屋敷と酒食というふたつのまやかしに、目利きの眼が狂わされたのである。糸井家が古い商家であると聞いただけで、本当にこの屋敷が糸井家であるかどうかまでは調べていなかった。そのことを悔やんだ。

「お待たせいたしました。本日は当家所蔵の諸道具に値を付けていただきたく、お集まり願いました。ただ、当家としてはこのようなことは初めてでございまして、慣れぬことゆえ、業者は皆様方御三方とさせていただきます」

先程の中年女性が自分は当家の未亡人であることを告げたのちに、こう挨拶して、「まずはこれを」といくつかの品物を次の間から持ってきた。硯箱と携帯用の矢立て、それに細工の入った根付けが三つである。硯箱は蒔絵《まきえ》の細工で狩野派が得意とする竹林に虎の構図。よほど丁寧に使われていたのか、ようやく肉眼視できるほどの細かい傷がいくつかあるだけで、上々吉《じょうじょうきつ》の保存状態である。矢立てもおなじ細工で、構図は鶴に雪。黒地に鶴の白、金箔を散らした雪とが浮き上がるように仕事がなされている。

根付けを見るまでもなく、わたしはため息を吐くしかなかった。「いかがでしょうか」と女性に尋ねられ、返事に窮した。見事すぎるのである。こうした道具類こそわたしの守備範囲であるにもかかわらず、あまりの見事さに値を付けかねていた。

「これ全部で二百万ではいかがですかな」

と、犬塚がいった。それでもわたしは迷った。ようやく「価値としては三百でも間違いはないでしょう、だが」と、ようやくいうと、女性が、

「だが、とはどういうことでしょう」

「三百万円で仕入れても、この不景気では流通させることができません。となると犬塚さんの二百という数字が妥当かもしれませんね」

「難しいのですね」

次に未亡人は部屋の隅にある簞笥《たんす》を見てほしいといった。これもまた非の打ち所のない名品だった。江戸の指物師《さしものし》が細心の技術でもって仕上げ、把手ひとつに至るまで入念な細工を施したもので、市の競りに掛ければたちまち百万以上の値が付けられるに違いない品物であ

る。「船箪笥ですね」といいながら、わたしは我知らずのうちに自分の口座の残高を計算しはじめていた。このままでは兄から預かった一千万円ではとうてい資金が足りない。

——わたし個人の預金が三百ほどあったな。だがそれでも足りないとなると……。

こうした蔵開きの場合、相手が出すものすべてを見て、それから総合的に値を付けるのが一般的なルールである。すべてを見たうえで、まとめていくらという値を付けることもある。だが糸井家の未亡人が取り出す品々に、わたしと犬塚は問われるままに値を付けていくしかなかった。これはもう競りなどというものではなく、資産の評価会といってよかった。

武藤はというと、道具にはまるで興味がないのか、最初から手に取ろうともしない。どうやら目当ては古九谷焼ただ一品であるらしい。「では最後に」と糸井家未亡人が告げると、ようやく武藤の顔色に変化が表れた。その時になってようやく、わたしは武藤が大きめのジュラルミンのケースを持ち込んでいることに気が付いた。

「済みませんが、トイレはどちらに」

緊張すると腹具合をおかしくするのは、昔からの悪い癖である。この時も下腹部に締め付けるような鈍痛を感じ、わたしは反対側の棟の厠《かわや》へと駆け込んだ。とりあえずの急務を済ませ、ズボンを下げたままのなんともだらしない格好で、考え込んだ。

これは犬塚の仕掛けなのか、否か。

あの品々を見せられてはもはやどうでもいい気さえしていた。結局は名品があり、売り手がいて、我々買い手がいる。表の世界も裏の仕掛けも突き詰めればそれ以外にはない。

「物は確かだ」

そう言葉にして、トイレットペーパーのホルダーが空であることに気が付いた。煮立った鍋にコップ一杯の水を差したような、しんとした静けさがよみがえった。上着にティッシュが入っているから、切羽詰まった情況に追い込まれたわけではない。ホルダーにはロールの芯がなかったのである。ペーパーが切れたのなら、芯が残っていなければならない。

——ソレガ、ナイ？

部屋に戻ると、我々はいちばん奥の和室へと案内された。素っ気ないほど飾りのない室内には、隅に茶釜がひとつ、庭に面した壁に丸く切られた障子窓と、その下に文机が一脚。

文机の上に大輪の寒牡丹《かんぼたん》を生けた花器が置かれている。

「これ……か」とうめき声をあげたのは武藤だった。

花器ではあるが、近世以降の九谷焼に見られる洗練されたフォルムは持っていない。だからといって鈍重でもない。どちらかといえば形は瓶子《へいじ》に近く、地の白に上下に黒の線描き——九谷焼の技法では骨描きという——が流れるように数本描かれ、花器全体をキャンバスに見立てるなら、線によって画面を区切っている。一つ目の画面には流水に漂う桜の花びら。真ん中の画面は菖蒲と水鳥。最後の画面は牡丹である。わたしは生まれて初めて品物に圧倒され、息が苦しくなるという感覚を覚えた。

「当家に古九谷として伝えられております、《色絵花鳥図瓶》でございます」

未亡人の声が、どこか別世界のものにも思えた。

（四）

古九谷が謎の多い焼き物であるといわれるにはいくつかの理由がある。

現存する史料によれば古九谷焼は、加賀百万石を誇る前田家の支藩で大聖寺藩《だいしょうじはん》藩主・前田利治が、後藤才次郎に命じて作らせたものとされている。主君の命を受けた才次郎は有田焼で知られる唐津で色絵技術を修得、明暦年間（一六五五〜五八）に石川県江沼郡山中町九谷で窯を開いたとある。その後いくつかの窯が開かれたが、元禄の中頃（一六九五年前後）に至り、藩財政の逼迫などの理由により、古九谷焼の窯は廃窯となるのである。

窯としての歴史が短いこともあって、現存する古九谷と称する焼き物の数はあまりに少ない。その後何度か行なわれた廃窯の発掘調査によって、古九谷らしい窯跡は発見され、たしかにそこで色絵磁器らしいものを焼いた形跡もあった。だが、発掘された磁器の破片と、現在古九谷として残された現物とが技術的にあまりにかけ離れていることが、多くの研究者によって指摘されているのである。さらに、有田で発掘された古窯の遺跡から、古九谷様式の色絵用白生地が発見されたこともあって、古九谷焼は有田からの完全移入品説、白生地だけを移入して、九谷村の窯で絵付けをされた絵付け説など、諸説飛びかう謎の焼き物となった。

そうした知識が、すべて無駄口に聞こえるほどの気品が、文机に載った花器にはあった。

「ど、どうして花など」と、武藤が問うと、未亡人は艶然と笑って、

「花器は花あってこその花器でございましょう」

そう応えた。鑑定をするのであれば、花は邪魔であるし、花が生けてあるのだから、当然水が張られているはずだ。武藤の問いはしごく的《まと》を射ているのだが、未亡人の言葉にも抗《あらが》いがたい説得力があった。

「花も水も捨ててしまってよろしいですかな」と犬塚がいうと、未亡人は「どうぞご随意に」と簡単に応えた。自ら捨てていいかといったくせに、犬塚は花器を回し、持ち上げて高《こう》台《だい》の具合などを確かめるだけで、それ以上のことをしようとはしなかった。

「それにしても、見事としかいいようがない」

そんな陳腐な言葉でしかこの花器を褒めたたえることのできない自分が、恥ずかしくなるほどの逸品である。

「やや、色が……」

「色がどうしました」

武藤のつぶやきに犬塚が反応した。

「赤がね、少しちがう気がするんだ。古九谷の赤は別名《血赤》とも呼ばれていて、ひどく重い赤なんだ。これはどちらかといえば朱に近い赤だね」

「そうですかな。俺はこれくらいの色合の方が、気品があると思うが」

「たしかにそうなんだ。色調全体の緊張感を考えれば、この色以外にはない。だが、古九谷

というのはもう少しプリミティブな魅力の焼き物であるはずだろう」

「十分に大らかですよ。この線描きひとつとっても、あと少し崩せば幼稚になってしまう」

この言葉はわたしだった。三人が三様に言葉を失ったところへ、未亡人が「お腹が空かれましたでしょう」と、盆を持って現れた。いつの間に用意したものか、盆の上には小皿と湯呑みが三つずつ。豪華な酒食ではないが、小腹を満たすにはちょうどいい、蟹の棒寿司と茶があった。

「これはいい。俺はこいつが大好物なんだ」と、さっそく犬塚が手を伸ばす。誘われるようにわたしと武藤も小皿と湯呑みを受け取った。張り詰めていた空気が、これだけのことで柔らかく弛緩した。

——絶妙なタイミングだな。

先ほどトイレで覚えた違和感が、再び頭をもたげてきた。極度に張り詰めた緊張感は、ときに見えないものを見せ、聞こえないはずの声を聞かせる。

「たしかにタラバの棒寿司はうまい。けれどな、雅蘭堂。せっかく冬の金沢にきたのなら、香箱《こうばこ》蟹を食って帰らにゃ、損だぜ」

「おなじことをタクシーの運転手から聞かされた」

「で、食べたかい」

「昨日、小料理屋でね」

そういいながら、わたしの視線は花器から離れなかった。見ると武藤も同じである。

「皆様は花器をどうご覧になりますか」という未亡人の問いに、逆に「奥様は、これをいくらなら手放されますか」と犬塚がいったことで、彼の集中力もまた、少しも花器から逸らされていないことがわかる。

「亡くなった主人は五百万円は下るまいと」

「大金ですな。そうなればこちらも正式な鑑定をすることになりますよ」

「それはかまいません。あの……わたくし骨董の世界には疎いものですからよくはわかりませんが、その鑑定を受けている間に別の買い手が現れたら、そちらの方に御売りしてもよろしいものでしょうか」

「そっ、それは……」

犬塚が言葉を濁した。

「もしかしたら鑑定は、現物を持ってゆかれるおつもりですか。でしたらこのお話はお断りいたします」

わたしは「どうしてですか」と聞いてみた。十万、二十万の買い物ではない。五百を上回る金が動くのであれば科学鑑定も仕方がないかと、わたしも思いかけていたところだった。

「たしかに事情がありまして、わたくしども、まとまったお金を必要としております。そのためにはこの古九谷花器を売りに出さねばならないことも事実です。だからこそ、屋敷の外に持ち出して万が一のことがあると、本当に困るんです。それに……」

未亡人が口籠もった。その態度ひとつで、彼女の後ろに参謀役が存在することがわかった。

あるいは親戚筋のどこかに、骨董のマニアがいるのかもしれない。X線蛍光分析機などの非破壊検査を行なえば、優に一ヵ月は品物を預からねばならない。検査機械そのものが、どこにでもあるというシロモノではないために、どうしても時間がかかってしまうのである。彼女のいう「万が一」とは、その間に破損事故が起こる可能性とともに、コピーにすり替えられる可能性があることを指している。すり替えられたコピーに「偽物である」という鑑定書まで付けられたのでは、素人には反論のしようがない。そうしたことが日常茶飯事とまではいわないが、十分に起こり得る世界であると、彼女に入れ知恵した人間がいるのである。

実に適切な判断であるとしかいいようがない。

「仕方がないな。だったらここで駆け引きなしの値段を提示させてもらおう。見た目の風格の確かさに、俺は非難の言葉を持たない」

そういって犬塚が両手の指を開いて突きだし、そのうちの何本かを折り曲げて値段を示そうとしたときだった。「ちょっと待ってくれないか」といったのは武藤だった。

「ここにいる三人で競りをするための蔵開きだろう。勝手に指し値を付けないでくれないか。わたしはまだ鑑定を終えていない」

「だったら気の済むまで眺めていればいい。俺は俺で値を決めさせてもらう。そのどこがいけない」

「だから、それでは競りが成り立たないといっている」

小宮山恵子が、手にしたアタッシェケースを犬塚に渡した。開けると中身は札束だった。

「マスコミで持てはやされてるからって、いい気になるのはやめてもらおうか。俺はこの業界で、体を張って生きているんだ。ケツの青い評論家ふぜいに俺のやり方をどうこういってほしくないな」

部屋のなかの空気が急に生臭く澱《よど》んできた。それを察したのか、

「ちょっと外の空気を吸ってくる。いいかね、帰ってくるまでは値を付けるんじゃない」

そういって武藤は部屋を出ていった。あとに残された犬塚が、ちぇっと舌を鳴らしたが、この場合の言い分としてはどう見ても武藤が正しい。アタッシェを閉める音がしたのをきっかけに、わたしも庭に出てみることにした。

枯山水の広い庭を歩くと、すぐにグレーの背広の背中が見えた。わたしに気が付いた武藤が近寄ってきて、

「どう思うかね」

と、単刀直入に聞いてきた。

「それは競りのルールにはずれるんじゃありませんか」

「ははっ、まったくその通り。今の発言は聞かなかったことにしておいてくれ。だが……どうにもわたしは引っ掛かるのだよ」

「花器そのものは一級品だと思います」

「そうだ。まったくその通りなんだ。だというのにどうしてこんなにも気になるのか」

二人は歩きながら話をした。この家で行なわれているのは、厳密に競りといえるものでは、すでにない。

「ここにあるものの価値を認めるか否か、認めるのであればそれを金額に示すという、単純にして深遠な美の世界の数値化……ですよね」

「まさにね。けれど美を数値化する作業とはなんと苦痛を強いられるものか」

武藤が苦笑しながらいった。

——多分、犬塚も同じことを考えているはずだ。

そう思いながら口にしきれないのは、この世界に長く生きてきたことで培われた、特殊な嗅覚によるものだとしかいいようがなかった。ふと見ると、武藤が玄関の裏手のガスのメーターに注目している。「見たまえ」と、武藤。メーターの下の開栓レバーがガス管に対して直角の角度を保っていた。

（五）

部屋に戻るや、武藤は誰にも有無をいわせぬ勢いと素早さで文机の古九谷の花器を取り上げた。寒牡丹を引きぬいて机の上に置き、中の水を廊下から庭へ捨てた。

「やはり、こうでなければならなかったんだ。器は器としてみる。これだ！」

「どうしたんだ、いきなり」と犬塚が、やや狼狽《ろうばい》した声で話し掛けると、それを睨み付けて、

「まったくよく仕組んだものだ。この詐欺師め！」と一喝した。

「詐欺師？　言葉には気をつけてもらおうか」

「気をつけていっているから詐欺師なんだ」

わたしは、静観を決め込んだ。武藤のいわんとすることは十分にわかっていた。それでもなお静観だけが、わたしの取るべき行動だった。

「証拠があるのか」

「なんだったら、近所で聞いて回ろうか、ここは本当に糸井という家なのか、現在も誰かが住んでいるのか、とな」

未亡人の表情が能面のようになった。感情の一切をしまいこみ、わたしとは違った意味での静観の表情である。

武藤がジュラルミンケースを開け、中から計器を取り出した。「やはり持ってきてよかった」とつぶやくと、いくつもの部品を組みたてはじめた。

「うまく考えたつもりだろうが、わたしの眼は誤魔化せん。それにしても犬塚さん、ガス栓を開けておかなかったのは失敗だったな。ガス栓の開いていない家で、どうやって熱い茶が出せるんだ。要するにあれは魔法瓶かなにかに入れて、ここに持ち込んだものだろう。ここはあんたが我々をだますために用意した舞台のようなものだ」

犬塚もまた、沈黙の徒と化した。

――用意された舞台か。

だとすればこの瞬間、舞台は武藤による一人芝居の場であった。ただ一人の役者の唇から「ファイバースコープ」という言葉が漏れた。直接足を踏み入れることのできない墳墓などの場所で威力を発揮する、調査機械である。焼き物の鑑定をする場合は、壺の類の内部を精査するために使われる。

「詐欺師は詐欺師にふさわしい思考方法を持っている。大切なのはそれに沿って考え、行動することなのだ。花器に花を生ける、たとえばこれを詐欺師の思考方程式に当てはめてみるなら」

武藤はファイバースコープのチューブ状の端末を花器の内部に入れた。機械の画面に花器の内壁が鮮明に映し出される。「つまり、あんたはどうしても中身を見せたくなかったのだ」、だから水を張る必要があった、と口にしながら武藤は花器の内部を探った。

……そして。

「これだ。なるほど、これは見せたくないはずだ」

画面にくっきりと指紋が映し出されていた。

絵付けの前の素地《きじ》を造るときに、職人が誤って付けたものだろう。いかに内側とはいえ、地肌に自分の指紋を残すようではとても一級品とはいいがたい。勝ち誇った顔で武藤は、

「あんた、こんなことばかりをやっていると、しまいには表の世界で商売ができなくなるぞ。とにかく、わたしは帰らせてもらう。絵付けの赤の色調への違和感、そして明らかに瑕疵《かし》のあることもファイバースコープで確認できた。したがってわたしはこの古九谷の花器を、偽

物と鑑定する。しかもこんな大がかりな舞台まで用意して、わたしたちを欺こうとして、これは立派な詐欺未遂事件だ」

その時になって、ようやく犬塚が表情を取り戻したように、

「だったらどうする？」

「もちろん、警察ざたにする程のことじゃない。だが、わたしの持っているメディアにはすべてことの顚末を書かせてもらうよ」

「……仕方がありませんなあ」

計器を片付け、立ち上がった武藤が「雅蘭堂さん、帰ろう」といったが、わたしは動かなかった。先程の道具類だけでも買い取ろうと思っていますからとだけいうと、納得したように武藤は屋敷をあとにした。

「さて、競りを続けましょうか」とわたしがいったのは、武藤を乗せたタクシーのエンジン音が、完全に聞こえなくなってからだ。競り人が一人でも減ってくれれば、それだけわたしには有利になる。だからこその静観だったのだ。

「続ける？　本当に続ける気なのか」

すべての仕掛けの大本に、自分がいると知ってなお続けるのかと、犬塚の表情が語っている。

「もちろん。こんな逸品を落とさないでは、本当に兄に折檻《せっかん》されてしまう」

「面白いことをいってくれる。では」

心なしか犬塚と未亡人、そして小宮山恵子の視線がひとつに重なり合ったような気がした。視線に呼吸などあるはずがないが、あるとすれば三者のそれは完全に一致している。

「この花器と先程の道具、一切合財でいくらを付ける」

「その前に、確認しておきますよ。わたしが値を付けるということは、あくまでも買い取ることが前提だ。さんざ値を吊り上げ、法外なところで品物を引くような真似はしなさんなよ」

「…………」

「どうした。沈黙は肯定と受け取って良いのだな」

「いっ、いや。ちょっと待ってくれ」

「なぜ待つ必要がある。値を問うたのはあんただぞ」

犬塚の呼吸が本当に荒くなった。額に汗を浮かべ、ちらりと未亡人を見つめると、未亡人は小宮山恵子を見る。沈黙をゆっくりと剝がすように、

「まったく、可愛げのない兄弟だ。で、どこでわかった」

犬塚がいった。口元が笑っているようにも見えたが、とてもそんなゆとりなどあるはずがない。わたしが値を口にするだけで、犬塚はのっぴきならないところに追い込まれるのだから。

「しかしとんでもないことを考え付いたものだな。あの有名な詐欺の手口をそっくり裏返しにするとは、ナ」

「かならず引っ掛かってくれると信じていたんだ」

「トイレのペーパーホルダーも、わざとか」

「もちろん。ガスメーターやトイレットペーパーだけじゃない。この屋敷の至る所に罠が仕掛けてある。どれひとつをとっても、あんた方が疑いを抱くような罠がな」

「そうすることで、わたしたちの眼を曇らせるというわけか」

「一度曇った眼で見れば、どれほどの名品も偽物に見える。ちょうど武藤のようにな」

「武藤がファイバースコープまで使うことは予想していたのか」

「あれは予想外だったが、思わぬ効果もあげてくれたな。指紋はさほど深いところにあるものではなかったから、肉眼で見付けてくれるとばかり思っていた」

　犬塚と話をしながら、わたしはこの屋敷で見聞きしたものをすべて整理しはじめていた。とかく噂の多い犬塚だが、

　――意外に、フェアな戦いをしてくれるじゃないか。

「要するに、これはあんたの仕掛けたゲームだった。兄を虚仮にするための、違うか」

「違わないね。まったくその通りだ。でなきゃあんな」と、花器を指差す。はじめから道具類も花器も売るつもりはなかったのである。兄の眼を曇らせ、いい加減な値を付けさせ嘲笑することだけが目的だったのである。もちろん、この世界で嘲笑を受けるということは、すなわち大きく信用を傾けさせるということでもある。

「最初からヒントはあったのだな」

「ゲームはアンフェアじゃ面白くないからな」

「金石町、古い商家、奢侈《しゃし》を尽くした船簞笥に根付け、か。これらの一つ一つがある人物の名前を示しているものな」

そういってわたしは「銭屋五兵衛《ぜにやごへえ》」の名前をあげた。

銭屋五兵衛は、幕末の加賀藩に活躍した豪商である。その莫大な財力は「海の百万石」ともいわれた程で、財政難に喘ぐ加賀藩の経済諸役を務め、のちには苗字帯刀までも許された人物である。当時はまだ禁制であった諸外国との貿易にも手を染め、オーストラリア南方のタスマニアやアメリカ合衆国にまで渡っていたともいう。

「銭五の名前が出れば、あとは花器の作者の名前を引きだすのは簡単だった」

「やはり、わかっていたか」

銭屋五兵衛は豪商であると同時に、加賀の文化人たちの偉大なパトロンでもあった。彼の庇護を受けた中に、幕末の天才と呼ばれる一人の男がいた。

「大野弁吉。発明家にして工芸家。数々のからくりを残したばかりでなく、医術や兵術にも通じていた、当代きっての才人。彼ならば、古九谷の技法をそっくり再現し、古《いにしえ》の美学を忠実に擬《なぞら》えて花器を作ることも可能だったに違いない」

「感心、感心。銭五やからくり弁吉のことをよく知っていたな」

「だが、わからん。たしかに弁吉が残した古九谷様式の花器であれば、本物の古九谷と同様の価値があるだろう。だが、それを証明するものは……」

そこまでいってわたしは、ようやく犬塚の仕掛けの底深さに気が付いた。

「指紋か」とうめき声をあげると、こともなげに、答えが返ってきた。

「彼が残したいくつかの爪印のうち、壺のなかの指紋と完全に一致するものがあった」

たしかに焼き物を評価する際、素地に指紋が残っていれば大きなマイナス要因だろう。だが、時にはそれが逆の意味を持つこともある。だからこの世界は恐ろしいのである。

「ところで雅蘭堂。どうしてすべてが売り物じゃないとわかった」

「保存の具合が良すぎた。あれはどう見てもマニアが日々磨きをかけている証拠だ。だからすべては借り物だろうと、鎌を掛けてみただけだ」

「やはり、可愛げのない男だな」

やりとりを聞いていた未亡人が「すっかりやられちゃったねえ、お父ちゃん」というのを聞いて、わたしは再び混乱した。先程とは声の調子がまるで違う。

「気にするな、俺の女房だ。ちなみにこいつは娘」と、小宮山恵子を指差した。

「はあ？」

「さすがの雅蘭堂も気付かなかったか。だったら今回は引き分けだな」

未亡人、もとい犬塚の細君が化粧を落とすと、そこには例の工房で「あすか」と名乗っていた女性の顔があった。「いやあ、お母ちゃんの七化けには、いっつもびっくりさせられるワ」と、小宮山恵子がつぶやき、わたしを見てウインクを寄越した。

「非合法は身内でやるに限る。裏切り者が出ないからな」

そういう犬塚の声はわたしにはよく聞こえなかった。

ことの顚末を兄にどう説明するか、そしてどう納得してもらうかで、頭は一杯だった。

孔雀狂想曲

（一）

運が悪いとしかいいようがない。わたしにとっても客にとっても。そうしたことが偶然といい切れない確率でもって起きてしまうのが、この世界の常である。いつだったたか、定例の《市》から捨て値で仕入れた刀の鍔《つば》が、ほんの一週間もしないうちに付け値の倍近くで捌《さば》けたことがある。決して筋の良い品物ではなかった。それでもこの世界のしがらみというやつがあって、半ばおまけのようなつもりで仕入れた鍔が、その実、さる有名な職人の仕事であったことが後になって判明したのだ。「古物商はこういう品物で稼がなければ」と業界の笑いものになっただけなら、わたし一人の恥で済んだのだが、もっと後に今度はそれが粗悪な偽物であったことが判明したから、話はややこしくなった。偽物と知りつつわたしが素人に高値で売ったと良くない風評はたつわ、客は客でそれなりの社会的地位にある人物で、しかも日頃目利きを吹聴していたものだから赤恥をかくわで、ちょっとした騒ぎになってしまった。要するに不運と悪意が手に手を取って、いつでも我が《雅蘭堂》を訪問することがあり得る世界、それが古物取り扱い業である。

あらゆる面で人の動きがみられる二月三月は、我々古物商にとっても忙しい時期である。東京での学生生活を終え、大学生たちが部屋の荷物を始末するのがこの季節であるし、逆に新入生が中古の生活用品を求めて我々の元にやってくるのもこの季節だ。日頃はどちらかといえば趣味と嗜好の世界に関する品物を扱うことの多い雅蘭堂も、このときばかりは中古生活用品のバイヤーが主な仕事になる。軽トラックに商品を積み、都内を西から東へ、市から市へと移動する日々が続く。そうした仕事が一段落して、ようやく咲き始めた桜にも目が届くようになった頃、久しぶりに店に顔を出すと、

「だから、そんなことをいわれてもわかりませんって」

いきなり、押しかけアルバイターの安積の困惑した声が出迎えてくれた。中年男に迫られているのだが、どうやら口説かれているわけではないようだ。「どうした」というと「良かったあ、越名さん」と情けない声が返ってきた。

薄鼠《うすねず》の背広の上下に黒のポロシャツ、ノーネクタイといった出で立ちの中年男の姿に、すぐにわたしは同業者の匂いを嗅ぎ取った。同業者と表現すると語弊があるかもしれない。古物商とはまた違った空気をまとっているのだが、その奥深いところにある、古物に囲まれた生活を送っている人間特有の匂いは隠しようがない。

「あんたはここの経営者かい」

男が猜疑心の滲む声色でいって、わたしに視線をよこした。

「越名集治といいます。なにかお探しですか」

「ああ、大したものじゃないんだが……実はこの店にこんな形の」

男は、両手で三〇センチほどの箱の形を作って見せた。「ほら、へんてこな石ころがいくつも入っていた」と安積が口を挟んだおかげで、わたしはそれがひと月ほど前に仕入れたまま、店の隅で惰眠をむさぼっていた——つまりは誰にも見向きもされなかった——鉱物標本であることを理解した。確か二万円の値札を貼っておいたはずである。

「あれがどうしても欲しいんだ」

「あの鉱物標本ですか」

「それがさあ、昨日売れちゃったんだよ」と安積が口を尖らせた。

「売れたものは仕方がありませんね。商品とお客様の間に縁がなかったということです」

「でしょう、あたしもそういったんだよ。ところが……」

「だから、あれを買っていった客の連絡先を教えて欲しいと、この娘に頼んでいたんだ」

わたしは男の言葉を聞いて、自分の直感がはずれていないことを確信した。こうした古物取り扱いの仕事を続けていると、どうしても避けて通れないのが盗品との関わりだ。店によって流儀が違うが、ある一定の価格を超える品物については購買客の住所、氏名、連絡先を、顧客管理のためと称して控えておく場合がある。実は、盗品とわかった時点で金を返し、品物を引き取るのが本当の目的だ。もちろん、盗品は警察を通じて元の持ち主に返還される。店にとっては仕入れ値の分が損失となるから、多くの業者は形ばかりの顧客名簿らしきものを作っておいて、あとは知らぬふりを決め込むことにしているのだが。

男の言葉は、彼がそうした裏事情に知悉《ちしつ》していることを示している。とたんに男への興味が湧いてきた。例の鉱物標本はある国立大学で戦前に採取、保管されていたものが独自の経路で市場に流れてきたものだ。この世界では珍しいことではないし、資料価値もさほどあるものではなかったから、高い値段を付けずにおいた。

「失礼ですが、どうしてあんなものにそれほど」

「それはあんたが知る必要はないだろう。で、どうなんだ。あれを買っていった客の連絡先は控えてあるんだろう。それを教えてくれるのか、くれないのか」

「残念ですが……顧客名簿は店の財産ですから」

「誰も悪用するとはいっていないじゃないか。ただわたしはあれが欲しいから、客に直接交渉したいと」

「それでもお教えすることはできません。特に同業者には」

最後の一言が効いたらしい。男はわずかの間に表情を幾度か変え、最後に舌打ちした。

「またくる。わたしはあきらめが悪いんだ。それに」

背中を向けた男が「はずれだ。わたしは古物商なんかじゃない」といった気がしたが、よく聞き取ることはできなかった。その姿が見えなくなるのを完全に確かめてから、わたしは安積に顧客名簿を見せるように命じた。

「どんな客だったか、覚えているか」

「それがさあ、昨日は友達が店にきていたんだよね」

要するに話に夢中になっていて、客の容姿など気にするゆとりはなかったということだ。

「まったくアルバイトにきてもらっているんだか、都合のいいサロンを提供しているんだかわからんな」

「その言い方、ひっど〜い。安積だって傷つくんだからね」

「大丈夫だ、お前の打たれ強さは日本でも五本の指に入る」

「まあ、そこまで褒めてくれるんなら許してあげる」

——救いようのない性格だな。

少しだけ不憫な気がして、それ以上の小言はやめることにした。
★杉並区下高井戸三丁目＊—＊＊　春日恭一　TEL０３－３３２９－＊＊＊＊
あまり価値があるとは思えない鉱物標本を買っていった客の連絡先を確認して、その電話番号通りに電話のボタンを押してみた。すると、「この番号は現在使われておりません」という、予想通りのメッセージが流れてきた。だからといって、それが特別怪しい事実を指しているわけではない。中にはしつこい勧誘を受けるのをいやがって、でたらめな住所と連絡先を残していく客も多くいる。相手の事情を深く詮索しないのは、優秀な古物商の第一条件でもある。

——だが……なあ……。

なにかが引っかかるのである。こうした勘働きにさしたる根拠があるわけではない。が、それを無視する理由もまた見つからないときには、決して気を緩めるべきではない。わたしに骨董のあれこれを仕込んでくれた師匠ともいうべき人物が、引退の直前にそう自戒を込めて教えてくれた。彼は最後の最後で目利きをしくじり、それまでの蓄えをすべて失って行方をくらました。

「それにしてもサ、あんな石ころが二万円だなんて、越名さんも相当にあくどい商売してるよねえ」

安積が、悪徳商人の越後屋に話しかける悪代官の口調でいった。言葉の裏には、場合によっては儂《わし》のアルバイト料にもさじ加減を加えてもらわねば、割に合わぬワ、ムフフ……という響きがあからさまに込められている。

「あのな、鉱物標本はそこらに転がっている石とはわけが違う。中にはレアメタルを含んでいるものもあるし」

「レアメタル？」

「チタンやバナジウムといった希少価値の高い金属のことだ」

そういいながらわたしは、市であの標本を競り落とした日のことを思い出していた。競り落としたとはいっても、値を付けたのはわたしともう一人だけだった。しかも相手は値をつり上げるのが目的のいわばサクラで、結局わたしが一万二千円で引き取ることになった。特に鉱物関連に興味があったわけではないし、常連客の中にそうした趣味の持ち主がいるわけでもなかった。ただ、十数種類の標本の一つに《藍銅鉱《らんどうこう》》の完全結晶体があって、その深い群青色に魅せられたとしかいいようがない。市という場所ではしばしばそうしたことが起こりうる。魔が宿るといわれる所以《ゆえん》である。《藍銅鉱》は、古くから日本画の岩絵具の材料として使われてきたが、すでに国産品は掘り尽くされたらしい。しかも標本のように一〇センチ近くの大きさの結晶体はほとんどなく、希少価値は十分にある。もっとも……こうしたことは買い入れた後に調べてわかったことなのだが。

「でもサ、しょせんは標本品じゃん。さっきのお客だけど、どうしてあんなにもしつこく欲しがったのかな」

安積がいった。

「鉱物マニアと呼ばれる人種だったのかもしれない」

「そうかなあ。なんだか越名さんと似たような雰囲気が少しだけあった気がするけれど」

「…………」

安積は能天気が服を着て歩き回っているような女子高生だが、時としてこのような鋭い直感を披露してくれることがある。先ほどの客が「素人」ではないことはすでにわたしも見抜いていたが、だからといって同業者と言い切る自信はない。ではあの男は何者なのだ。どうして鉱物標本などを執拗に欲しがるのか。

「あるいは……金《きん》が目的だったか」

「金って、もしかしたらゴールド？」

「ああ。標本の中にはナゲット状の砂金が含まれていた」

ナゲットが、ある一定の大きさ以上の砂金を指していることを教えてやると、安積の態度が一変した。

「ウッソ！　それってものすごい衝撃の真実じゃん」

「大きいとはいってもほんの五、六グラムの代物だ。純度がいくら高くても、今は金相場が値下がりしている時代だからナ」

「だって、それでも純金だよ。ああ、そのことを知っていたらなあ」

「どこかで石ころを拾ってきてすり替えておいたのに、か。だから教えなかったんだ」

「越名さんってさ、すんっごく、性格ゆがんでない？」

「それは褒め言葉として受け取っておこう」

（二）

男が再び店に現れたのは三日後のことだった。まるで同じ会話が繰り返され、どうしてもわたしが顧客名簿を見せないことがわかると、しまいには脅迫めいたことまで男は口にしはじめた。あるいはわたしのことを若造だと見たのかもしれない。午後の早い時間であったため、安積がいないことに感謝しながら、わたしはかなり強い調子で男の申し出を一蹴した。

「あんまり強情を張っていると、あとで泣きを見るかもしれないよ」

「どうぞ、ご随意に」

その時「面白そうな話をしているじゃないですか」と声がして、ダークグレーの背広を窮屈そうに着込んだ男が店内に入ってきた。石森《いしもり》といって、地元警察署の生活安全課の警察官である。以前にわたしの店の商品を利用して、非合法の薬品を売り捌《さば》こうとしていたグループがいた。その連中の逮捕に協力して以来の付き合いである。元々古物商と生活安全課の間には密接な繋がりがあるのだが、この石森という警察官は雅蘭堂のどこがどう気に入ったものか、月に幾度かはふらりと現れて、雑談をして帰ってゆく。

石森の姿を見たとたんに、男の表情が変わった。作り物の柔和な笑顔を浮かべて、

「じゃあ雅蘭堂さん。次に伺うときには良い返事を期待していますよ」

そういって出ていった。その背中を見送りながら、たぶん故意にであろう、男の耳に届く声で石森が、「職質をかけておいた方がよかったでしょうかね」といった。

「助かりました」

「あれはいったい何者です？」

「客ですよ。こうした商売を続けてゆくうちには、いろいろな人種と顔を合わせるものでしてね。中にはしつこい客もいるし、人の顔さえ見れば騙しにかかろうとする客もいる」

「因果な商売ですねえ」

「少なくとも退屈する暇はありません」

石森がカラーコピーの束をレジの横に置いた。「今月分の盗難品リストです、目を通しておいてください」といいながら、すぐ横の棚に並べておいた商品を目敏く見つけて取り上げた。

「さすがですね、さっそく見つけられてしまいましたか」

「ああ、懐かしいなあ!」

石森が手にしたのは、コカ・コーラ社が二十五年以上も前に景品として作ったミニチュアボトル付きのキーホルダーで、昨日仕入れたばかりの品物である。コカ・コーラに関するノベルティグッズの蒐集マニアの層は広く、それだけに品薄で高値になりやすい。石森がマニアと知ってから、なるべく意識的に仕入れるようにしている。彼の人柄に好感を抱いていることも確かだが、生活安全課の警察官に日頃からちょっとした媚を売っておくことも、こうした店の運営には必要かつ有効な手段なのである。「二千円でいかがですか」と相場の半分以下の値段を提示して、

——先行投資、先行投資。

わたしは腹の中で舌を出した。子供のように喜んで即座に財布から二枚の千円札を取り出し、わたしの気が変わることを恐れるようにキーホルダーをしまい込む石森の姿を見ながら、彼の持ってきた盗難品リストに手を伸ばした。質屋と違って、我々の元に、直接筋の良くない品物が持ち込まれることは、実のところあまり多くない。多くはないが、時として信じられないようなものが流れてくることがある。

たとえば。

わたしは数枚目のカラーコピーから目が離せなくなった。

「どうしたんですか、心当たりでも」

「いや、そういうわけではないんだが」

コピーには、一枚の絵が写っていた。たぶん、精巧な画集から写し取ったものだろう、鮮やかな緑の色彩が、見るものの目に焼き付けられる。

「これはK画伯の風景画……ですよね」

「ええ、三週間ほど前に盗難にあっています。まさかそれがどこかの市にかけられたとか」

「そんなことがあったら、とっくに大騒ぎになっていますよ」

K画伯は高橋由一と並ぶ、明治期の代表的な画家である。洋画の手法と日本画の手法をうまくミックスして、独自の画風を築いたことで知られる。「緑の画伯」の異名を持つことでもわかるように、その作品には緑色が多く用いられている。寡作であったこともあって、彼の作品が市場に出回ることはまずない。仮に埋もれた作品が発見されたとしても、すぐに重要文化財に指定されてしまうであろうとさえ、いわれている。

——そういえば。

忙しさにかまけてこのふた月ほどまともに新聞を読んでいないが、画伯の小品がさる会社社長の別荘から盗まれたというニュースをどこかで耳にしたことを思い出した。

「雅蘭堂さん、雅蘭堂さん」

石森の声にようやく我に返り、わたしはいつもの茫洋《ぼうよう》とした表情を無理に作った。「いやあ、最近すっかり世事に疎くなっちゃって」と、言い訳までおまけに付けたのだが、目の前に立つ生活安全課の警察官は、先ほどまでの子供じみた表情を一変させている。

「なにか気がついたことがあるんじゃないですか」

と、石森は完全に警察官の口調になってわたしを問いつめた。

そういわれてもなお、迷いがあった。警察に協力を惜しむつもりはない。ただ自分の着想があまりに現実的でなくて、口にすることがためらわれたのである。

「まさかとは思うんだが」

と前置きをして、わたしは先ほどの客のこと、鉱物標本のことなどを石森に話して聞かせた。

「気になったのは、この部分なんです」

盗難品リストの隅に「特別留意点」と書かれた部分があった。

『犯人は、別荘から逃走する際に窓ガラスを誤って破損。そこに微量の血痕が見られるため、犯人が身体の一部にけがを負っている可能性がある』

つまり、万が一犯人が盗んだ絵画を持ち込むようなことがあった場合、身体のどこかに傷がないかを注意して欲しいということである。

「で、例の鉱物標本……中に《孔雀石《くじゃくせき》》のサンプルがあったことを思い出したんですよ。ちょうど五センチ四方くらいの大きさで」

そういって、わたしはいったん言葉を区切り、レジの裏にある小部屋に行って鉱物図鑑を持ってきた。《藍銅鉱》のことを調べるために、買ってきたものである。《孔雀石》の解説が載っているページを探し出して、石森に見せた。

「この石もまた、昔から緑色の顔料になることで知られています。書いてあるでしょう。古代エジプトの女王クレオパトラが愛用したアイシャドーは、《孔雀石》から作られたものであると」

「それが絵画の盗難とどう結びつくんです」

「K画伯は緑色を多用することで知られる画家です。もしも犯人が逃走中に誤ってけがをして、そのときの血液が画面を汚してしまったとしたら」

「修復のために《孔雀石》が、必要になったと？」

「ええ、そんなことを考えてみたんです」

さすがに石森も話が飛躍的でありすぎると判断したのか、表情を和らげて「それは雅蘭堂さんの考えすぎですよ」といったのみであった。確かにわたしの着想には決定的な穴があった。《孔雀石》は日本でこそほとんど採掘されなくなったが、今もザイールなどでは大量に産出しているのである。都内には鉱物標本を売る店が何軒もあるから、修復用の石などいくらでも手に入る。下北沢の片隅でひっそりと店を営むわたしに、脅迫まがいの言葉を投げつけてまで、手に入れようとする男の真意が説明できない。

「でも、一応は参考にしておきますよ。僕は窃盗犯の専従ではないけれど、三課に友人がいますから、雅蘭堂さんの意見を伝えておきましょう」

「いいですよ。わたしだってわざわざ開陳してみせるほどの考えじゃないことくらい、十分にわかっているつもりですから」

だが——。

ごくつまらない着想であったはずが、話は思わぬ方向に転がり始めたのである。石森がコカ・コーラのミニチュアボトル付きのキーホルダーを宝物のように持ち帰った一週間後。例の男が頭部をめった打ちにされたうえに、いっさいの衣服をはぎ取られた全裸死体で発見されたのである。

（三）

いつになく厳しい表情の石森が、彼の目つきをさらに百倍も悪くさせたような二人の男を伴って雅蘭堂にやってきたのは、すでに日が陰った夕方遅くになってからだった。ちなみに、二人の男の目つきの悪さは、店番をしていた安積が二人を見るなり頬を引きつらせたことからも証明されている。いわゆる、側《そば》に立つだけで威圧感を十二分に与えることのできる人種である。

「こちら本庁捜査一課の佐竹《さたけ》刑事と鳥飼《とりがい》刑事です」と、石森が紹介すると、二人の捜査官が上目遣いに簡単に会釈した。

「実は越名さんに詳しいお話を伺いたいと、お忙しいのを承知で押し掛けた次第で」

目つきとは裏腹に、だからこそよけいにこの男が踏んできた修羅場の数を理解することのできる柔らかな声で、佐竹がいった。

「わたしにわかることはすべてお話ししますが……この間石森さんにお話しした以上のことなると」

「なんでもいいのですよ。殺された男、名前を大久保謙吉《おおくぼけんきち》といいましてね。表向きは不動産のバイヤーを名乗っていますが、まあそれは単なる仮面にすぎないという胡散臭いやつでした」

「不動産ですか？　そうか不動産屋ですか」

「それがなにか」

「いや、なんとなく雰囲気から、我々と同じか、もしくはかなり近いところに生きる人間のような気がしたものですから」

　その言葉を聞いて、二人の男が何とも形容しがたい笑顔を浮かべた。強いていうなら、人の不幸に拍手喝采するときの笑顔である。わたしは「もういいから」といって安積を帰らせ、改めて二人の捜査官に向き直った。それを待っていたかのように、

「さすがですね。やはりこうした複雑な事情が絡んだ事件には、専門家の知識が必要だ」

といったのは鳥飼だった。「実は」と石森が口を挟もうとするのを鳥飼は制して、

「大久保はねえ、密かに盗品の美術品を裏ルートに流すバイヤーだったのですよ。過去に二度ばかり、そちらの方であげられています」

「ああ、なるほど」

　誤解を恐れずにいうと、この世界に棲息するマニアの中には、たとえそれが盗品とわかっ

ていても手に入れることにためらいを持たない人種が、少なからず存在する。当然のことながら、彼らを専門に顧客とするバイヤーもまた、この世界の住人なのである。

「断っておきますが、見ての通りうちは古物商といっても、骨董や美術品のたぐいはほとんど扱っていません。知識には自ずと限界がありますし、もし本当に専門的なことをお聞きになりたいなら、別の業者を紹介しますが」

「もちろんそちらの方面にもすでに捜査員が当たっています。ですが、わたしはあなたの意見が聞きたいのですよ。いくつか質問事項もありましてね。それに石森君から聞きましたが、怪我をした犯人が絵を汚して云々という意見、実にユニークです。私たちではとても思いつきません。そうした視点からお話を伺えれば、と」

鳥飼の言葉の中にいったいどれくらいの本音が込められているのか、わたしには判断のしようがない。仕方がないからうなずくと、「ではまず、遺体発見の状況からご説明しましょう。越名さんも興味がおありでしょうから」と、こちらの意向など関係ない調子で佐竹が警察手帳をめくり始めた。


大久保謙吉の遺体が発見されたのは、多摩川中流にあたる世田谷区砧浄水場近くの河原だった。すでに日の落ちきった日曜日の午後七時頃、まだ河原に残っていた釣り人が大きな荷物が投棄されているのを発見した。ゴミの不法投棄だと直感した釣り人は、近くの倉庫に勤務している関係もあって、すぐに地元署に連絡をしたのである。まもなく署員が河岸近くの荷物を回収。その場でビニールシートに包まれた死体であることが確認された。

身元確認の直後に本庁が介入、捜査の主導権がそちらに移ったのだろうと、石森が二人の本庁刑事を見る目つきから想像してみた。

「我々にとって非常に幸運だったのは」と、佐竹はいった。大久保謙吉の遺体は親族が見たところで本人とは確認できないくらい顔面の損傷がひどかったが、死後硬直がまだ始まっていないフレッシュな――佐竹曰くだが――状態であったそうだ。

「おかげで死後四時間と経過していないことが判明していますし、指紋の保存も完全な状態でしたから、前科者リストによってすぐに大久保の身元を特定することができました」

「大久保氏は全裸だったそうですね」

「ええ、顔面の損傷がひどいことからも、たぶん身元を隠すことが目的ではなかったかと、我々は見ています」

「……そのわりには指紋を潰していないとなると」

「越名さん、そういったことは我々が考えます。それよりもあなたにお聞きしたいのは、例の鉱物標本についてなのですよ」

「とおっしゃいますと？」

「不思議だとは思いませんか。仮に大久保が絵画盗難の犯人であるとしましょう。あなたのいうように画面を汚してしまったかもしれない。だからこそ顔料となる鉱物を探していたというのも納得できる」

「そこなんです。無理にわたしのところで鉱物標本など購入しようとしなくても」

わたしは、二人の捜査官の目に、まったく同じ光があることに初めて気がついた。同時に、なぜ二人がここにやってきたのかも。石森の表情を窺《うかが》うと、なんともやり切れなさそうな、しかしそれでいて警察の職務には忠実であろうとする、複雑な眼差しでわたしを見ている。

――そういうことか。

二人の捜査官の考えていることをほぼ正確に読みとることができると、自然と気持ちにゆとりが生まれた。そのせいで頬が少しばかり弛《ゆる》んだのかもしれない。とたんに、

「なにがおかしいんだ」

佐竹と鳥飼が同時に凄みの効いた声をあげた。安積を先に帰しておいた判断の正しさに満足しながら――二人の声を聞くなり卒倒することは確実だし、そうなるとあとの始末が大変だ――わたしは、

「なるほど、わたしの意見を聞きたいというのは口実ですね。本当に聞きたいのは、自白なのでしょう」

「してくれるのですか」と、再びわざとらしい穏和な口調で佐竹がいうのへ、笑顔で首を横に振ってやった。また佐竹の表情が険悪な修羅場顔に変化する。慣れてしまえば実にわかりやすい、見ようによってはからくり人形のように楽しいキャラクターである。ただし、それを口にしたとたん、わたしは本庁の全署員を敵に回すことになるだろうが。

「つまりあなた方はこういいたいのでしょう。大久保謙吉は、どうしてわたしの店になどやってきたのか。なぜこの雅蘭堂に鉱物標本があることを知っていたのか」

「その通り。東京都内に古物商が何軒あるかご存じですか。店舗を持たない旗師《はたし》や、ただ古物取り扱いの鑑札を持つだけの人間まで含めると楽に一万人を超えますよ。それを一軒一軒当たるほど、大久保謙吉は暇な男であったとは思われない」

佐竹に代わって鳥飼が冷徹な、事務的ともとれる口調でいった。たぶんこれが鳥飼という捜査官の地なのだろう。その場によって身にまとう空気と表情、口調を自由に変えることができるのは、有能な捜査官の証明であるように思えた。

「考えられるのは、わたしと大久保がなんらかの繋がりを持っていた、と」

「こうした世界では、仲間割れや裏切りは日常茶飯事でしょう」

「信義や友情を至上のものと考えるなら、もっと別の生き方があるでしょうからねえ」

「それは自白の始まりと受け取ってよいのでしょうね。となると場所を変えた方が都合がいいのだが」

「取調室ですか、遠慮しておきます。それよりも自分の身の潔白を証明することの方が大事ですからね」

わたしは受話器を取り上げて、葛飾区に店を構える同業者の元へ電話をかけた。例の鉱物標本を競り落とした市の主催者である。「もしもわたしの推測が正しければ」と話す間に、電話が繋がった。二、三の質問をすると、思った通りの答えが返ってきた。受話器をそのま

まにして相手には待機してもらい、

「わかりましたよ。大久保は市の前に配布される目録を利用していたんです」

「目録？」

「カタログのようなものですよ。事前にそれを見ることで、およその資金を用意することができますし、旗師などは顧客の依頼・注文を取り付けることができます」

二人の捜査官が顔を見合わせた。わたしが受話器を差し出し、「市の主催者です、彼に聞いてみてください」というと、佐竹がそれを受け取った。手短なやりとりの後、受話器を置いて彼は「そういうことですか」とつぶやいた。

「ええ、大久保は東京中で開かれる市の目録を手に入れたのですよ。それで例の鉱物標本の存在を知った。あとは誰が競り落としたかを市の主催者に尋ねるだけで、わたしの店にたどり着いたというわけです」

一気にいうと、あとは店の中に沈黙が居座った。わたしにはそれ以上なにもいうべきことがなかったし、二人の捜査官は完全に目的を見失ってやはり沈黙するしかなかった。「すると」と、石森が状況を変えようとした。

「そう、また新たな疑問がここで生まれます。つまりなぜ大久保は鉱物標本にこだわったか、です。わたしの推測通り、絵の修復が目的ならば」

そこまでいって、あることに気がついた。その着想がわたしの唇の動きを止めた。「どうしたんです」と石森。二人の捜査官も急に黙り込んだわたしの顔をのぞき込むのだが、それ

も無視して、自分の着想をまとめることだけに全神経を集中させた。そして、

「考えられることがふたつあります」

すると、今度は演技ではない表情で鳥飼が、「是非ともお聞かせください」といった。

（四）

古い絵画や陶器の科学鑑定を行なうには、いくつもの方法がある。中でも《X線蛍光分析機》は、絵具や上薬の成分を精密分析することで真贋を判断することのできる、科学鑑定の切り札である。そうしたことを説明して、

「絵画窃盗犯がもっとも恐れるのは、それを売り捌《さば》くときに偽物と判断されることです。もしも画面の汚れをザイール産の《孔雀石》で修復したために、《X線蛍光分析機》が、明らかにK画伯の使っていた顔料と違うと鑑定したとします。すると、どうなります？」

「偽物と判断されて売れなくなる」

石森の言葉にうなずいて、わたしはさらに別の資料を取り出した。いつだったか気になって保存しておいた新聞記事の切り抜きである。

「しかも今は、こんな機械まであるのですよ」

新聞には兵庫県の南西部・播磨《はりま》科学公園都市に作られた超大型放射光施設《スプリング・エイト》に関する解説記事が掲載されている。

「なんですか、これは」

「太陽光線の一万倍以上の光を人工的に作り出し、それを利用してミクロの世界まで分析と解析をすることのできる夢の顕微鏡、だそうです。こんなものが使われたら、お手上げでしょう」

「だからこそ、戦前に収集された国産の《孔雀石》が必要だったというわけですか」

佐竹も鳥飼もしきりと感心するが、実のところわたしの頭にはもう一つの案が少しずつ明確な形を作りつつあった。

「越名さん、どうかしましたか」

「ええ。今お話ししたのはあくまでも一つの考え方です。実際には絵画の修復は頻繁に行なわれていますし、その際に種類の違う顔料が使われることも少なくないのです。ですから科学鑑定がマチエール（素材）を否定しても、絵のタッチなどから真作と鑑定されることがままあります」

「すると話は振り出しに」

「いえ。そうでもないのですよ」

わたしは三人にパリのルーブル美術館に保管される《モナリザ》が、かつて盗難に遭ったことを知っているかと尋ねた。「知っています」と石森。佐竹と鳥飼は腕を組んだまま唇を開こうとはしない。

「この事件、単にダ・ビンチ作の名画を手に入れるのが目的ではなく、実は何枚もの贋作を作ることこそが本当の目的ではなかったかとも、いわれているのですよ」

「……贋作ですか？」

実物がルーブルに厳然とあるのに、贋作を作る愚か者はいない。盗まれたという事実があればこそ、贋作は万が一の可能性を秘めながら妖しい光を放つのである。盗難事件の後、ルーブル美術館に戻ってきた《モナリザ》は贋作で、これこそが真作であるという触れ込みのもと、裏のルートで売買されたかの名画は十枚をくだらない。

「K画伯の真作を隠すことで、裏の市場には幾枚もの贋作が流通することになると」

「そして、そのときこそX線蛍光分析機や、スプリング・エイトが本領を発揮します。それが真作であれば、ふたつの科学鑑定機も恐れることはない。だが、贋作にとってこれらは致命的な凶器となりうるのです」

「すると越名さん。大久保謙吉は絵画窃盗及び贋造グループの一員であり、連中の仲間割れで殺害された、とおっしゃるのですね」

「それについては……なんともいえない。犯人の特定と逮捕は警察の領域ですからね」

といってはみたものの、わたしなりの考えがないわけではなかった。

――それを口にしないのは。

「越名さん、先ほどの件をまだ根に持っていますね」

後ろ頭を掻きながら鳥飼がいった。そう。わたしは自分を犯人扱いしようとした二人の捜査官に、少なからぬ反感を抱いていたのである。「いいえ」と言葉にはしたが、思いはまるで反対のところに置いていた。

「越名さんのお怒りはごもっともです。ですが私どもの立場も少しはご理解いただければ……」

「いつもあんな方法で人の神経を逆なでしているのですか」

「時と場合によります。けれど、概して我を忘れた人間はつい本音を表に出してしまうものでしてね」

「そうして相手の矛盾を追及してゆく」

「ある種、捜査上のテクニックなのですよ。そのあたりをご理解のうえ、協力していただけませんか。これは掛け値なしの本気です。やはり専門家の知識が必要だと、今は痛感しているんです」

そこまで本音で語られると、わたしも怒りを持続させることがばかばかしくなった。

「わかりました。ところで大久保を殺害した凶器は特定できたのでしょうか」

「鈍器であることは確かですが、特定には至っていません」

「複数の凶器によるものであるかどうかは？」

わたしの言葉が理解できないのか、しばらく返事がなかった。「複数の凶器というと？」

という石森の問いに、

「複数の人間が同じ凶器で大久保に襲いかかったという可能性があるかどうか」

「それが犯人の特定に結びつくのですか」と佐竹がいった。

「なにせめった打ちでしたから」と、鳥飼の声にも困惑の色が滲んでいる。

「そうか、わたしが考えていたほど、科学捜査の技術は精密なものではないのですね。けれど人相もわからないほど多くの外傷があったということは、犯人が複数である可能性は否定できないでしょう」

「まあ、それは。あくまでも可能性の範囲だが」

わたしは自分の推測をまだ整理しきれないでいた。それが捜査官たちには苛立たしいのだろう。言葉の端々が、次第にきつくなっていった。

「一般的な犯罪者……そんなものがいるかどうかの議論は別にして、衣服をはぎ取ったり顔面をめちゃくちゃに殴打したりするのは、通常……」

「そうです、身元を隠すのが目的である場合が多いですね」

「わたしはまったく別のことを考えていたのですよ。顔面が潰れるほど殴打されていたのは、同じ凶器を持った複数の人間が一斉に襲いかかったためであるし、衣服をはぎ取ったのは、そのときの大久保の服装が特殊であったためだ。もっと穿《うが》った見方をすれば、わざわざ河原に捨てたのも、殺害の現場のイメージからもっとも遠い場所であったからだ。つまり犯人が隠したかったのは被害者の身元ではなく、犯行現場そのものではなかったのか、とね」

「すると越名さんは、犯行現場を特定できると？」

「ええ、たぶん。もしかしたら複数の候補があがるかもしれませんがね」

「本当ですか」と、石森の声と眼差しには、濃厚に疑いの色が込められている。

「大久保の立場になって考えればよいのですよ。例の鉱物標本を手に入れることができなかった大久保が次に考えることを、です」

「ほかの標本を探す？」

「もっと確実な方法があります。確かに国内産の孔雀石は採りつくされたともいわれていますが、それはあくまでも〃採算のとれる範囲で〃という意味なんです」

「すると、大久保は国内産の石が採れる場所で！」

「とうぜん河原のイメージから一番遠いのは山の中です。鉱物を探すのですから、作業服でしょうね。しかも全員が必ずハンマーを所持しているでしょう」

しかも、である。大久保の遺体は死後四時間以上は経過していない状態であったという。世田谷区砧から四時間以内にいける範囲で、なおかつ《孔雀石》の採掘が可能な場所というと、かなり候補を絞り込むことができるのではないか。それに、大久保がどこかの鉱物研究所、もしくは大学の鉱物学の研究室にその場所を問い合わせた可能性も低くはないはずだ。

そういうと、石森と二人の捜査官は、感謝の言葉もそこそこに店を出ていった。面倒な客――といってよいものか疑問だが――が帰った後、店を開けておくのも億劫《おっくう》になって、仕舞い支度を始めたとき、先ほどの葛飾区の同業者から電話がかかってきた。

「雅蘭堂さんかい。さっきの件だけどナ、言い忘れたことが一つあるんだ」

「言い忘れたことって？」

「例の鉱物標本の競り落とし人を尋ねてきた男な。殺された大久保とかいう悪党一人じゃなかったよ。その前にも一人、電話で問い合わせがあった」

「もう一人？」

「ああ、ずいぶんと切羽詰まった調子であんたの店の住所と連絡先を聞くと、礼もいわずに切っちまいやがんの」

同業者の言葉がなにを意味しているのか、わたしには理解することができなかった。

——ただひとつだけ……。

確かなのは、わたしの推測以上に、事件は複雑な背景を持っているということだけである。

（五）

鉱物図鑑によると、《孔雀石》と《藍銅鉱》は、その組成を調べるとほとんど同じものであるという。現在このふたつの石を見ることができるのは、秋田県仙北郡の荒川鉱山、福岡県福岡市の立花寺《りゅうげじ》鉱山、栃木県日光市の小来川《おころがわ》鉱山であることを、大久保が大学の研究室に問い合わせていた事実を警察は突き止めた。

「で、連中はどこにいたと思います」

犯人逮捕の報せは、報道よりも早く雅蘭堂にもたらされた。ニュースを持ってきたのは石森である。犯人は三人組だったそうだ。

「どの鉱山にもいなかった、でしょう？」

「鋭いですね、どうしてわかりました」

「だって、現役の鉱山にのこのこ出かけるはずはない。行くとしたら……」

店の奥から淹れたてのコーヒーを運んできた安積が「単純に考えたら、今はもう使っていない鉱山だよね」といって、わたしと石森を驚かせた。その表情があまりに露骨であることが不満なのか、

「だいたいねえ、越名さんも石森さんも、安積のことを馬鹿にしすぎだよ。あたしだってその気になれば」

「その気になれば？」と石森がいった。

「婦警の試験くらいは合格してみせるんだから」

制服姿の安積を想像しようとしたのだが、あまりにも無理がありすぎて途中でやめた。石森もほぼ同じ思考の行程をたどったらしく、二人で顔を見合わせて、唇だけで笑った。

「その表情がまたあたしを馬鹿にしている！」

とむくれる安積を無視して、わたしはまた鉱物図鑑を開いた。

「面白い記述を見つけたんだ。《ブロシャン銅鉱》という鉱物があるんだが、これが採れるところでは《孔雀石》も、まま見つけることができるそうだ。砧から四時間以内で行ける廃坑で、なおかつこの石が採掘されるのは」

わたしは図鑑の一部を指さした。『今は廃坑になっているが、静岡県下田市の河津鉱山ではズリ（掘り出された岩石、低品位の鉱石のこと）をハンマーで割ってみると、《ブロシャ

ン銅鉱》や《孔雀石》を見つけることができる』とある。

「条件に合うのは、ここ以外にない」

「かないませんねえ。我々がその場所を特定するのに、何日かかったと思います」

「偶然ですよ」

「でも、間抜けな連中。人を殺しておいて、いつまでもその場所にいるなんて」

安積の言葉に、石森が肩をすくめた。

「仕方がないさ。産出するとはいっても、極微量なんだ。贋作を完成させるのに必要な量を得るにはかなりの時間がいる。だからこそ、連中は殺害現場を隠すことに必死になったんだろうから」

わたしがいうと安積が石森と同じ仕草をして見せた。

「すべてはお見通しのようですが……実は越名さんもびっくりの新事実があるんです」

「なるほど、それを報せるためにわざわざうちまで足を運んだというわけですか」

あなたの性格もかなり歪んでいますね、といわなかったのは、わたしもまた葛飾区の同業者からの連絡を、石森たちに伝えていないからだった。

「連中、最初は犯行を否認していたのですが、持っていた複数のハンマーからルミノール反応がでましてね。それで観念したのか、大久保殺害は認めたんです。ところが、ネ」

ニタニタと笑う石森の顔を見ているうちに、わたしには事件の裏側が読めたような気がした。

「まさか、犯人グループは大久保のことをまるで知らなかったとか」

そういうと、今度こそ石森が驚きを隠せないといった表情になった。

「佐竹か鳥飼から報告があったんですか」

「ないですよ。ないが……そうか、そういう可能性もあったのか」

「そんなの嘘に決まってるじゃん」と安積がいうのへ、

「まんざら嘘ではないかもしれない。そうかあ、ハハ、なるほど」

一人で笑い始めたわたしを不気味そうに眺め、安積がいった。

「越名さん、ナニ一人でよがっているの」

「安積、日本語は正しく使いなさい。よがっているんじゃない、納得しているのです」

「だから、それをあたしにもわかるように説明してよ」

「要するに、大久保は便乗犯だったんだ。廃坑で《孔雀石》を採掘していた三人組が、K画伯の絵を盗み出した犯人グループだ。絵が盗まれたことを知って、大久保は贋作を思いついた。これはチャンスだ、どうせ盗まれた絵は裏のルートでしか捌《さば》けないのだから、二度と日の当たる場所に現れることはない。だったら贋作を作って別のルートに流したって、誰も気づくものか、とね。ところが大久保の計算とは別の思惑がそこには存在した」

「別の思惑？」

「絵画窃盗グループである三人組もまた、まったく同じことを考えていたんだ。真作を裏ルートで捌《さば》くだけでなく、同時に贋作づくりも手がければ儲けは二倍、三倍になる」

うちの店から鉱物標本を買っていったのは、絵画窃盗の実行犯グループの一人であったはずだと教えると、安積は目を丸くした。

「三人組の方は複数の贋作を作ろうとしていたんだろう。だからうちで買っていった標本では足りなくなった」

「すごい偶然の確率！　だってうちでは双方がすれ違っただけだったけど、伊豆の河津鉱山では本当に鉢合わせになるなんて」

偶然という言葉を聞いて、わたしは考えた。果たしてそうだろうか。ある一定量の国内産《孔雀石》を手に入れるための方法はいくつもあるわけではない。大久保と三人組とが河津鉱山で鉢合わせになったのは、偶然ではなく必然性の問題だったのではないか。

「ところで、今回のお礼といってはなんですが、感謝状が出るそうですよ」

石森がいった。わたしが「いいですよ」というと、安積がものすごい声を上げた。

「だめえ!!　ぜったいにもらって！」

「どうした、安積」

「あたし、原付免許がやばいんだ。こないだもスピード違反しちゃって」

「なんだ、そりゃ」

「だってサ、警察からの感謝状があれば減点が軽くなるって、聞いたことがあるもん」

石森が「確約はできませんが」と断ったうえで、交通課の知り合いに話をしておくというと、安積の機嫌は最大限によくなった。

「でもさ、越名さん」

「なんだ」

「そんな話ばかり聞いているからかもしれないけど、越名さんが住んでいる世界って、ろくな人間がいないんじゃないの」

——それはいえる。

だが、この能天気な女子高生に、「だからこそ面白いんじゃないか」とは、とてもじゃないがいう気にはなれなかった。

キリコ・キリコ

（一）

ニューヨークでインターネットビジネスに成功し、天文学的に巨額の資産を築いた私の遠縁——一面識もないのだが——が、一人孤独のうちに死んだ。生涯妻をめとることもなく、また他に身寄りとてない彼は、やはりたった独り日本で暮らす血縁の私に全財産を相続させるよう、遺言書を残していたのである。

別にインターネットビジネスでなくても良い。ブラジルのコーヒー園でも構わないし、北京にそれと知られる有名中華菜館でも良い。この手のシンデレラ譚《たん》は、決して裕福ではない人種にのみ許される甘い夢物語だ。夢物語が辛いのは、夢から覚めて、それが幻であったことに気づく瞬間が必ず訪れるということ。けれど、永遠に夢の世界で遊ぶこと、それはすなわち死を意味しているから、たとえさほど恵まれてはいなくても、死ぬことを思い詰めるほど悲観論者ではない私には、夢物語のほろ苦さは、生きていることへの実感に他ならない。

ただし。現実の世界には思いがけない出来事が、さながら冗談のように待ち受けているものらしい。梅雨時の雨がいつまでも上がらない、六月の月曜日。私の元に一通の手紙が届けられた。

『前略
先日お亡くなりになった大倉瑠璃子《おおくらるりこ》様より、形見の品をお預かりしております。ご足労をおかけしますが、一度、店の方へお越しください。
瀬能樹里子《せのうきりこ》様
趣味骨董・雅蘭堂　店主　越名集治』
ごく短い、必要な用件以外は一言たりと書かないという意志さえ感じられそうな手紙には、雅蘭堂というその店の住所と下北沢駅からの簡単な地図、電話番号と、そして『古物引き取りに参ります』という、短いメッセージの入ったチラシが添えられていた。
手紙にある大倉瑠璃子とは、二年前に他界した私の母の姉である。持って回った言い方などせずに《伯母》といえば良さそうなものだが、それほど単純でない事情が、私――たちといった方がよいか――と大倉瑠璃子との間には今も横たわっている。現に私は、ただ一人の肉親といってもよいはずの、瑠璃子伯母の死を知らなかった。
――あんなことさえなければ。
どんなことにも決して言い訳をしない人だった。身に降りかかった出来事ばかりでなく、自分の人生や言動といったことにも、言い訳や後悔をしない強い女性だったから、その分誤解も多かった。けれど、私は瑠璃子伯母のことが嫌いではなかった。「強い女性」といったが、それは無神経や図太いといった言葉とは無縁の、凛《りん》としたある種の美学のようでもあった。

「……雅蘭堂」と店の名前を呟いてみて、私は初めて涙が頬を伝うのを感じた。

たっぷり七十二時間ばかり、あれこれと考え事をして、逡巡し、今はもうこの世の人ではない父、母、祖母に問いかけを続けたあげくに、雅蘭堂という下北沢にある骨董屋に足を向けたのは、さらに翌日金曜日の夕方のことだった。地図がわかりにくいのか、それとも私の方向感覚が優秀ではないのか、駅を出てから一時間近くも下北沢の街を徘徊し、たどり着いたその骨董屋は、住宅地の一角に埋没するように、あった。

「だから店の物を扱うときにはだな、赤ん坊に接するように注意深く！」

「安積、赤ちゃんなんて、抱いたことないモン」

「そういう問題じゃなくて……」

間口二間の入り口に立ったとたん、そんな男女のやりとりが私の耳に飛び込んできた。

「あの」と声を掛けてはみたが、私の存在に気づいてくれる様子はみじんもない。

「だいたいねえ、そういう言い方ってセクハラだと思うな……越名さん、セクシャルハラスメントって、知ってるの？　ア〜ア、こうなったら訴えちゃおうかな。ついでに純真な女子高生を不当に安いバイト料でこき使う、鬼のような経営者だって」

「純真？　鬼のような経営者？　ほほう、できるものならやってみろ。そうなったら安積がこれまでに壊した店の商品すべてについて、損害賠償の訴訟だって起こせるんだからナ」

「うっ……もしかしたら、本気《マジ》？」

越名という名前は確かこの店の主人であるはずだし、内容のみを聞けば、店主と店員の言い争いに聞こえなくもない。その割にのんびりとした、どこか掛け合いのようなやりとりが、私の緊張をほぐしてくれた。もう一度「あの、すみません」と声を掛けると、ようやく越名と思われる男が振り返ってくれた。開けているのか瞑《つぶ》っているのか――そんなことがあるはずもないが――、よくわからない細い目で私をじっと見たあとで、

「瀬能樹里子さんですね」

といった。

「はい、でもどうして」

「大倉瑠璃子様によく似ておいでだから。いえ、容姿ではなく、その……全体の雰囲気というか」

「昔、親戚の一人にいわれたことがあります。瑠璃子伯母と私は性格がそっくりだって」

先ほどまで越名と言い争いをしていた安積という少女が、いつの間にか店の奥に消え、まもなく湯呑みを三つ、盆に載せて戻ってきた。

「お手紙を拝見しました。それで、このお店と瑠璃子伯母とは」

「単純に、店とお客様という関係です」

「それがどうして伯母の遺品など……」

越名は小首を傾げ、言葉を慎重に選択するように唇を動かした。

「それはわたしに聞くまでもない。ご自身が一番よくご存じなのではありませんか」

その言葉はまさしく刃物の切れ味を備えていた。店を訪れようか、手紙ごと無視してしまおうかと、迷い続けた三日間の煩悶《はんもん》が蘇る思いだった。

「あの、越名さんは我が家の事情について、伯母からすべて聞いているのですね」

だが、雅蘭堂の主人の答えは「いえ、なにも」という、素っ気ない一言だった。「あのねえ」と、女子高生に相応《ふさわ》しからぬ中年男の口調で、安積がいった。

「うちの経営者ってサ、商売はからっきしなんだけど、妙に勘がいいというか、人のあれこれを見透かすのが得意なんだよね」

「そういう、誤解されやすい言葉は慎みなさいといっているだろう」

「だって本当なんだモン」と、安積が頬を膨らませた。

「誤解のないように」と言い置いて、越名が言葉を改めた。

「大倉瑠璃子様は、自分の死後にただ一人の血縁者であるあなたに贈るようにと、ある品物をわたしに託されただけです。けれど、それはあなたが大倉様の死に立ち会うことは決してないということを指していますし、わたしがそのことを伝えるということは、彼女の死についての情報さえ、もしかしたらあなたには伝わらないかもしれない。つまりは、あなた方の間に相当の理由があると考えるのは不自然なことではないでしょう」

「…………」

言葉に詰まった私を後目《しりめ》に、越名は店の奥へといったん引っ込み、すぐに三〇センチほどの長さの紙箱を携え、戻ってきた。慎重な手つきで上箱をはずし、薄紫のビロード布に包まれた物を机の上に置く。結び目のないビロードは重力の法則に従ってはらりと落ち、そこに見事なカットを施されたガラス瓶が現れた。デスクの左右に設置された電灯のスイッチを入れると、ガラス瓶は光の装飾品へと姿を変えた。

「きれい！」

「でしょう。江戸切子細工の逸品です」

「江戸切子細工……ですか」

「要するにカットグラスです。厚手の素地を回転式の轆轤《ろくろ》ヤスリでカットするんです。今でいえばグラインダーですね」

私は越名の話をほとんど聞いていなかった。

――だれにも負けない華やかさと、孤高の美しさを兼ね備えたガラス細工！

それはまさしく、私の知る瑠璃子伯母そのものだった。斜めにカットされた格子模様は光の帯を宿し、部分部分の菊の模様は光を粒に変えて散華させる。賑やかさと冷たさ、放漫と繊細とが幸福に合致している。ガラスという素材故に、宿命としての脆《もろ》さを備えたこの器が、瑠璃子伯母のイメージと完全に一致した。

「光にも表情があるのですね」

やっとその言葉だけを吐くと、越名が「やはりあなたに贈られたのは正解でしたね」と、笑っていった。そして箱の中にあった手紙を差し出した。

『切子献上樹里子様
江戸切子酒瓶
乞御笑納
大倉瑠璃子』

漢字ばかりが並ぶその文面を見て、私は思わず笑い声をあげそうになった。表情が衝動と一致しないかもしれなかったが。

——きりこけんじょうきりこさま、だって。なんてくだらない洒落なの！

もう十年も会っていない、そして今となっては永遠に再会を果たすことの叶わない伯母の顔を、はっきりと思い出すことができた。やや濃いめながら、意志の強さをはっきりと表す眉、頬から顎への鋭角的なライン。いつもうっすらと優美な笑みを浮かべていた唇。幼かった私が、同性としていつもそのようになりたいと願い、遠目にうっとりと眺めていた、大倉瑠璃子の顔を鮮明に思い出した。

「どうかしましたか」

「いえ、なんでもありません。でも私の名前が樹里子だからって、切子細工を残すなんて」

「悪いジョークだと思いますか」

越名の言葉に、私はうなずいた。当然、彼もそれに同意してくれると思ったが、越名の表情からは笑顔の片鱗も見つけることができない。急に不安に駆られ、先ほどの安積という女子高生の言葉を思い出した。

「わたしの知る限り……大倉瑠璃子様という女性はジョークや洒落でこのような物を残す方ではない。ましてあなた、もしくはあなたの縁者と大倉様の間には、なにか特殊な事情がありのようだ」

そこへ安積が私の心の内を盗み見たかのようなタイミングで、「どういうこと」と口を挟んだ。

「つまりこれは、瀬能樹里子さんへのメッセージではないか、と」

「そりゃあ、考え過ぎじゃないの、越名さん」

「だがなあ」と、安積の軽口にも越名の表情は変わらなかった。

「メッセージというと、それはいったい？」

私が問うと、越名の細い眼はいっそう細められ、限りなく一本の線に近くなった。どうやらこれが彼の思考のスタイルであるらしい。

――あるいは。

私は、瑠璃子伯母がこの切子細工をなにゆえ越名集治という骨董商に託したのか、その訳の一端を理解できた気がした。もしもこの瓶に隠されたメッセージがあるとするなら、伯母はそれを是が非でも私に読みとって欲しかったのだ。直接文章にしなかったのは、十年も音信を絶ったままの私が、メッセージそのものを無視してしまうことを恐れたのではないか。

そしてメッセージ解読の補佐役として、雅蘭堂・越名集治が指名されたのではないだろうか。だとするなら、伯母が伝えたかったメッセージは、十年前の、

――あの一件に関することか。

そうに違いないと思ったところへ、越名が新たに、「もう一つ気になることがあるのですよ」と、付け加えた。

「と、いいますと？」

「大倉様が、この切子細工をはっきりと《酒瓶》と、断言していることです」

「酒瓶ではいけませんか」

「いけなくはないのですが……でもこれ、一輪挿しにも見えるし、あるいは水差しといってもおかしくはない。だのにどうして」

その言葉に、安積は身を乗り出し、瑠璃子伯母が《酒瓶》として残した切子細工を取り上げようとした。それよりも早く、越名の両手がそれを取り上げていた。

「触るな！」

「どうしてよ、ケチ！」

「ケチであるとかそうでないとかの問題じゃない。耳にタコが五つ、六つできてもおかしかないくらい、いつも言って聞かせてあるだろう。この店の中で、壊れ物に触れることは絶対に許さん」

ああ、同じ言葉を祖父にいわれたことがあったっけ、と思い出した瞬間に、私の記憶は十

年前へとスリップしていた。この切子細工とよく似たものを、ずっと以前に見たことがあるのだと、記憶は囁《ささや》いていた。

（二）

忘れもしない一九九〇年十二月二十四日。

私は十二歳の少女だった。

その頃。私の一家にだけ限定していえば、十二月二十四日はクリスマスイブというよりは、祖父・大倉源一郎《げんいちろう》の誕生日の意味合いが強かった。この日、一族が町田の祖父の家に集まり、ささやかな宴席を楽しむのが年中行事の一つとなっていた。一族とはいっても、私と両親、母方の親族が数名集まるだけのものであったから、「ささやか」という言葉は額面通りの意味であるといってよい。ただし、若い頃から投資関連の才能を発揮し、巨額の資産を築き上げた祖父は無類の食道楽でもあった。だから、専門料理人をわざわざ呼んで作らせる料理の数々は、十二歳の子供の舌にも十分至福のひとときを与えてくれた。

もう一つ。祖父の家に遊びに行くたびに、私を夢中にさせたのが、祖父が長年にわたって集めていたガラス製品のコレクションであった。重厚な木造りの食器棚に飾られたガラス器達は、光の饗宴で私を魅了した。けれど戸に手を掛け、それらに直に触れようとすると、

「触るんじゃない。壊れ物だから」

という、厳しい祖父の声が必ず私の手を止めるのだった。もっとも、小さい頃から落ち着きがなく「まるで男の子のようだ」といわれ続けた子供であったから、祖父にしてみればコレクションを壊す云々よりも、怪我を心配してくれたのだろう。

この日。私がいつになくはしゃいでいたのは、なにも朝から舞い始めた雪のせいではなかった。前日に美容室で髪を整えたばかりだというのになんとなく機嫌の悪い母と、意味もなく何度も溜息を吐く父の姿とが、十二歳の少女に道化を演じさせていたのかもしれない。

「……でも仕方がないだろう」

「いつもそんな風だから……」

父と母との間に交わされる会話の端々も、子供の気持ちを怯えさせ、萎えさせるのに十分な響きを持っていた。そうなると逆に空元気を発揮させるようなところが、私にはあった。

祖父の家に到着したのは、すでに日の落ちた午後五時過ぎのことだった。前年に祖母が肺炎で亡くなり、その看病の最中に足を骨折して、以来車椅子の生活を余儀なくされた祖父は、子供の目にも一回り小さくなったような気がした。身の回りの世話をしているのは週に二回やってくる家政婦と、独身で家つきの瑠璃子伯母であると、両親の会話の中から知っていた私は、なんとなく後ろめたい気持ちになった。それは母も同じであったかもしれない。玄関まで車椅子のまま迎えに出てきた祖父に向かって「寒いから無理しないで」という母の声は、なんとなく「当てつけがましいことをしないで」といったように聞こえた。

食事の用意ができるのは午後七時過ぎだと聞いて、意外な気がした。ではどうしてこんなにも早く、到着しなければならなかったのか。それに例年五時過ぎには食事の支度はできあがっているはずではないか。それからゆっくりと何時間も掛けてデザートまで楽しむのが、いつものやり方だ。

だったらリビングでカードゲームでも楽しむのかと思ったら、両親は祖父の車椅子を押して長い廊下の奥へ消えてしまった。その先には祖父の寝室兼書斎があるだけだ。

――どうなっているのだろう。

ぽつんとその場に残された私は、けれど同時に「チャンスだよ」という声を聞いていた。リビングの重いドアを開けると案の定、親戚の姿もまだなく、ガス暖房によって暖められた空気のみが迎えてくれた。

ガラス製品のコレクションに触ってみたい。私の頭にあったのはそのことだけだった。なぜだか足音を忍ばせ室内に入ると、その足取りのまま一直線に食器棚を目指した。十二畳に相当するリビングの右手に、目指す棚がある。自分がドアを閉め忘れたことにも気づかぬほどに、私の気持ちは逸《はや》っていた。棚に並べられた数々のガラス製品達。それぞれに硬質の光をまとい、触れた瞬間に別の世界に誘《いざな》ってくれそうな魔法の器物達。

指が食器棚の把手に触れる。指先に力を込め、あと数センチ動かすだけで接触が果たせるという、その刹那、

「だめじゃない、樹里子ちゃん」

いつの間に部屋に入ったのか、瑠璃子伯母の柔らかな声が、私を背中から縛り付けた。

「伯母ちゃま！」と声を震わせながら振り返ると、同時に伯母の豊かな胸の中に抱きすくめられていた。

「あの……、その」

「いつもお祖父様からいわれているでしょう。この中の器に触れてはいけませんって」

「だって！」

「食事まではまだ間があるわ。瑠璃子伯母さんのお部屋でお話でもしましょう」

瑠璃子伯母は母と四つ違いだから、当時すでに五十歳に近い年齢だった。にもかかわらず、一度も結婚することなくその歳を迎えた彼女は、「母とはずいぶん年の離れた妹」といっても十分に通るほど、若々しかった。

二階の、南の角に位置する伯母の部屋は、また違った意味で別世界だった。ドアを開けたとたんに線香に似た、でも、明らかに違う花のような香りが私を夢心地にしてくれた。嗅覚ばかりではない。極彩色のタペストリーがいくつも壁を飾り、窓と反対側には私の知らない石造りの建物の写真が掛けてある。

「すごい、すごい！　まるで別の国にいるみたい」

「そう、気に入ってくれてよかった」

「これはどこの国の織物？」

「カンボジア、それからベトナム。伯母さんが若い頃に旅行に行って、買ってきたものよ」

「へえ、伯母ちゃまはそんな遠くに行ったことがあるの」

社会科の教科書と、たまにテレビのニュースが流す映像や音声だけでしか知らないアジアの国々を、かつて伯母が旅行したという話を初めて聞いた。

「すごいのね」

「ちっともすごくなんかない。樹里子ちゃんがもっと大きくなったら、もっともっと遠くへ旅行してみるといいわ。知らない世界でたくさんの人に会って、たくさんの話をして、たくさんの料理を食べてみるといいわ」

「怖くない？」

伯母はまた私を抱きしめて「勇気さえあれば、怖いものなんてなにもない」と、まるで自分に言い聞かせるようにいった。そしていいものをあげると、ベッドサイドのデスクの引き出しを開けた。そこには、祖父のコレクションとは異なった大きさの、ガラス製品のコレクションが何十個となく詰まっていた。

「これって、全部……香水瓶？」

「よくわかったわね。伯母さんがいろいろな国で買ってきた香水瓶」

「でも」と、いいかけて言葉を詰まらせた。香水の匂いをさせる伯母に、これまで一度も接したことがない。これほどの香水瓶を持ちながら、である。そのことを問おうとして、幼いながらも私は躊躇《ためら》いを覚えたのである。禁忌の琴線に触れるなと警告する声を、どこかで聞いたのかもしれなかった。それを見透かしたように、

「中身はみんな捨てちゃったのよ。伯母さんが興味あるのは瓶だけ」

瑠璃子伯母の声は明るかったけれど、十二歳の私には理解のしようもない、不思議で凄絶な感情が込められているようで、背筋に冷たい予感が走った。

「…………」

「さあ、好きな瓶を選びなさい。樹里子ちゃんへのクリスマスプレゼントよ」

やはり私は幼かった。幼すぎたといってよい。わずかに感じた違和感や、不吉なるものへの予感も、憧れ続けたガラス製品を手にすることのできる喜びがすべてうち消してしまった。

私が選んだのは、伯母がチェンマイで買ったという紫の小瓶だった。


食事が始まっても、浮かれ気分は続いていた。ポケットにしまわれた紫の小瓶が、正真正銘の魔法をいつでも用意してくれる気がして、口に入れた料理のすばらしささえ忘れてしまったほどだ。だから、その場の雰囲気がいつもと違っていること、たとえば食事の前に祖父が必ず行なうはずのスピーチがなかったり、母方の親族の一人がやたら芸能界に詳しく、いつもなら今年の紅白歌合戦の話題で盛り上がるべき宴席が、奇妙に白けていることにも気がつかなかった。

前菜を食べ終わり、スープと数種の料理の皿を派遣されたボーイが下げたあとに、メインディッシュの肉料理がリビングに運ばれた。

子羊のステーキにたっぷりとマディラ酒を振りかけ、テーブルの真横でフランベしてくれる手つきと、その香ばしい匂いが、ようやく皆の食欲を目覚めさせてくれたようだった。各人の皿に切り分けられた肉片が運ばれ、当然の権利のように誰よりも早くそれを口にした祖父の表情が、一変した。

その口から大量の唾液と、咀嚼《そしやく》しかけた肉片が噴きこぼれた。

（三）

「ひぇ〜、それってもしかしたら殺人事件じゃないの」

安積の声に、はっと我に返った。一瞬、置かれた状況がわからなくなっていた。

——あれ!? 私はいったい……。

ややあって、ようやく自分が十年前に起きた事件の顚末を、雅蘭堂の主人とそこのアルバイトの少女に聞かせていたことに気がついた。が、どうしてそんなことになったのかがよくわからない。越名集治という男がよほど聞き上手なのか、あるいは胸の内に話さずにはいられない衝動が生まれたのか。

「ねえ、毒殺だったのでしょう?」

毒殺。世にも恐ろしい意味を含む言葉を、デザートのメニューでも読むように平気で口にする、安積という女子高生に、思わず苦笑するしかなかった。が、現実はそれほど悲惨なものではなく、笑い話にしてもおかしくはないような出来事だったのだ。その場に居合わせた誰もが、座興ついでどころか二度とそのことを口にしなかっただけのことであって。

「違うのよ。祖父が亡くなったのはそれから三年ほどしてからだもの」

「へえ？　それじゃア、まるで完全犯罪じゃ」

越名が安積の語尾を奪う形で「なるほど、悪戯《いたずら》ですか」と、言葉にした。

「ええ。誰かが祖父の皿にとんでもないものを」

「ただし、お祖父さんの生死に関わるような物質ではなかったと」

それは、祖父が愛用していたうがい薬だった。薄目のコーヒーに似た色で、匂いはしないが口に含むと天地がひっくり返ったかと思われるほど、苦い。一度だけ、祖父の目を盗んで口にしたおかげで、危うく気を失いそうになったことがある。そういうと、越名は苦笑しながら「確か漢方で……」と、聞いたことのない薬品名をいくつか並べた。

「マディラ酒を使ったソースは、それ自体が褐色ですから、見た目ではわかりませんね」

「ええ。日頃愛用しているとはいえ、まさかステーキに振りかけてあるとは思いませんから、不意をつかれた祖父は口の中身をすべて吐き出しました」

「ねえ、ねえ。それってもしかしたら樹里子さんが？」

安積の問いかけに、笑って首を横に振ったが、あのときは確かに私が真っ先に疑われても仕方がない状況だった。

元々気性の激しいところのある人だったが、祖父はかつてない怒りをあらわにして、周囲を糾弾し始めたのである。

これほど激しく怒る祖父を見たことがなかった。

「誰だ！　こんな悪戯をしでかしたのは」

祖父はまず私の両親に怒りの眼差しを向けた。

「お前達だな。つまらん真似をしよって。それほど融資を断られたことが悔しかったか。もしかしたら、次は本当に毒でも入れてやるという、警告のつもりか」

一気にまくし立てる祖父に対して、父は顔色を変えるだけでなんの反論もしなかった。できなかったのである。父は仕事ぶりこそ真面目だったが、娘の目から見ても覇気に満ちあふれた性格の人ではなかった。もっとも、その当時、父は一世一代の蛮勇を奮って、友人と事業を興そうとしていたことを、あとで知ったのだが。そのために必要な少なからぬ資金を、祖父に頼ろうとしていたことを、母が教えてくれたのはさらに何年も経ってからのことだ。

「なんで、私たちがそんなことを」

母がようやく反論を試みたが、祖父の怒りの炎に油を注ぐだけであった。しまいに祖父は、父と母の持ち物をすべてテーブルに出してみせるように命じた。祖父の皿にうがい薬を混入するためには、何らかの容器を持ち込まねばならない。彼が口の内容物を吐き出してから先、リビングを出たものは一人としていないのだから、容器はこの部屋のどこかになければならないことになる。いざとなったら容器の指紋を知り合いの警察官に調べてもらってでも白黒をはっきりさせてやる、とまでいわれて今度は母がキレた。

　今から思えば、それこそが彼女が父親から受け継いだ遺伝子以外のなにものでもないのだが、当時の私はただただ事態に怯える無力な少女でしかなかったのである。

「あなた！」というなり、母は自分のポシェットの中身をすべてぶちまけ、同じ事をするよう、連れ合いに命じた。続いて上着のポケットの中身を並べ、部屋の隅のクローゼットに掛けたコートまで持ち出して、

「気の済むまでお調べになったらよろしいでしょう」

　祖父に言い放った。もちろん、父も母も祖父に対してそのような形で悪意を向けるような人ではなかったから、うがい薬を持ち運ぶための容器はどこにも見つからない。さらに部屋の中を調べても、つい数分前まで褐色の液体の入った痕跡の残る容器は出てこなかったのである。

　リビングに満ちる空気が急速に悪化すると同時に、自分が否応なしにそこへ巻き込まれつつあることを感じていた。祖父の「樹里子」という低い声は、死刑を宣告する裁判官のそれに聞こえた。

　そこまで一息に話すと、安積と越名の顔を交互に見比べ「わかりますよね」と問うてみた。二つの顔が縦に振られる。

「十二歳だった樹里子さんのポケットには、例の香水瓶があったのですね」

「そうです。祖父にいわれ、仕方なしにポケットから紫色の香水の小瓶を取り出しました。

「……そのときの祖父の顔を……あの恐ろしい顔を私は生涯忘れることができないでしょう」

その言葉は誇張でもなんでもない。なぜなら、今でも年に数度、怒りに引きつった祖父の顔は私の眠りをいとも簡単に引き裂いてくれる。

「でも、あなたの無実はすぐに瑠璃子様によって証明されたのではありませんか」

「ええ、それはもちろん」

無実は証明されたが、「すぐ」ではなかった。紫の小瓶をテーブルに置くや、祖父は思いがけない素早さで車椅子を操作し、私のすぐ横にやってきた。小瓶を取り上げるのと、それを床にたたきつけるのがほぼ同時だった。そればかりか彼は腕を振り上げ、十二歳の少女の頬を力任せに打《ぶ》とうとしたのである。それを危ういところで止めたのは父だった。

『あなたは実の孫になにをするおつもりか！』

生まれて初めて、父の雄々しい姿を見た気がした。瑠璃子伯母が事情を説明し、それでも怒りの収まらぬ祖父をようやくなだめるまで、さらに数分が必要だった。結局祖父は、その場に居合わせた親族すべての持ち物——瑠璃子伯母でさえも例外ではなかった——を調べ、それでも探し物が見つからないとわかると、不機嫌の気を全身から振りまきながら、自室へと引き上げていったのである。

「結局悪ふざけをした犯人はわからなかったのですか」という越名の言葉に私はうなずいた。

そこへ、

「あのさあ」

声に得意げなリズムを滲ませて、安積が会話に割り込んできた。小鼻を膨らませ、右の人差し指を額のところでくるくる回す仕草が、なぜだか小動物を思わせた。

「どうした安積。くだらない妄想でも思いついたのか」

「ひっどい！　越名さんてさあ、安積の脳味噌のこと、よっぽど安物だと思ってない」

「まあ、マーケットに並んでいたとして、ついでに格安の値札がついていたとしても、間違っても手を出すことはないな」

「絶対に侮辱的！　いいんだ、安積が事件の謎を解き明かしてもその憎まれ口を言い続けられるかどうか、試してやる」

「能書きはいいから、早くゲロしちまえ」

ほとんど犯人と警察官の会話である。いつもこの調子なのだろうか、だとしたらこれはとてつもなくすてきな関係ではないか。そんなことをふと思った。

「まず」と安積が口調を変えていった。

「思い出してください。事件の時のテーブル配置はどのようになっていましたか」

「窓のすぐ下が上座で、そこに祖父が座っていました。向かって右側に母、隣に父、その隣が私です。反対側、祖父のすぐ隣が瑠璃子伯母。その横に親族が二人並んでいました」

「結構です。では樹里子さんが憧れていた例のガラス製品のコレクションですが、食器棚はどこにありましたか」

「瑠璃子伯母のすぐ後ろでした」

「ではもう一つ。誰かがお祖父様の皿に悪戯を仕掛けたとして、そのチャンスは誰にでもありましたか」

「ええ……たぶん」

料理人と共に派遣されたボーイが厨房から運んできた大皿には人数分のステーキが、軽く火を通されて並べられていた。ボーイはそれを一人分ずつフランベして個別の皿に移してゆく。フランベの度に盛大な炎が上がって全員の注意はそこに向けられていたから、掌に隠し持った容器から祖父の皿へ向かって悪意を迸《ほとばし》らせることなど、誰にでもできたはずだ。テーブルそのものがさほど広いものではなかったから、やろうと思えば誰にだって可能だったに違いない。

そうしたことを説明すると、安積は満足そうにうなずいた。どうやら名探偵の役割がすっかり気に入ってしまったらしい。

「当然ながら、お祖父様が口の内容物を吐き出したときには、相当な混乱があったはずですよね」

「もちろん。けれど誰もリビングから出てゆくことはなかったし、すぐに祖父が『誰だ！　こんな悪戯をしでかしたのは』と、しっかりとした声で叫びましたから、救急車を呼ぶことも……」

「だとすれば、答えは簡単ですね」

「まさか！」

安積が「チッ、チッ、チッ」と、人差し指を振りながら舌を鳴らした。

「あのさあ、前に読んだことがあるんだ。ナントカ神父って小デブが活躍するミステリー。クラウンだっけ、バラモンだっけ」

「ブラウン神父だろう、それは」と越名の突っ込みが入った。

「そう、それ。その中にネ、木を隠すなら森の中、小石を隠すなら砂の中だっけ、そんな台詞があるんだよね」

「つまりはなんだ。お前はうがい液を入れた容器が、食器棚の中にあるコレクションに紛れていたと、こういいたいわけだな。となると容器は多少小瓶のようなもの、つまりは香水の小瓶で、それをどさくさに紛れてコレクションの中に隠したのは大倉瑠璃子だ、と」

安積の頬がたちまち膨れて、紅潮した。

「ひっどい！　せっかく一番いいところなのに、横から取っちゃうなんて、最低！」

「あのう」と声を掛けてみたが、安積の怒りは収まりようがなく、そのぽってりとした唇からは越名を非難する罵詈雑言《ばりぞうごん》が立て続けに吐き出された。

「あの、違うんです。ちゃんとコレクションは調べたんです」

「うっ!?」と、安積の表情がこわばった。

安積と同じことをいったのは母だった。彼女は自らコレクションをすべてテーブルに並べ、一点一点、それこそ重箱の隅をつつきでもするような執拗さでガラス製品を調べたのである。母には、暗に瑠璃子伯母を非難や中傷する気持ちがあったのかもしれない。けれどガラス製品のコレクションの中からも、容器は見つからなかった。膨らみきっていた安積の頬が、ぺちゃんこになった。そして「うっ、嘘」と、消え入りそうな一言。

「本当なんです。容器はどこからも、リビングルームのどこからも見つからなかったんです」

他意のない悪戯といってしまえばそれだけのことである。執拗に犯人を探す必要などどこにもなかったはずだ。

——けれど。

事件をきっかけに祖父の誕生日を祝う宴席は二度と開かれることがなくなった。同時に、家の中では祖父のことも、瑠璃子伯母のことも、いっさいがタブーとなってしまった。三年後に祖父が亡くなったという報せが我が家にもたらされたけれど、母が喪服を着ることはなく、短い弔電を打ったのみであった。

「越名さん」と、ようやく聞いてみたかった一言を口にした。

「なんでしょう」

「伯母は……きっと裕福で、あなたの店にとっての上客だったのでしょうね」

言葉に悪意が含まれぬように気を遣ったつもりだが、やはり羨望や軽い恨みの匂いが残ったかもしれない。けれど私は、そのことを尋ねずにはいられなかった。祖父の家と没交渉になってから、父は結局友人と事業を興し、そして失敗した。以来、我が家からは軽やかな笑顔は消えてしまったといってよい。それでも母は、祖父を決して頼ろうとはしなかった。祖父が亡くなったとき、遺産の法定相続分さえも受け取りを拒否したほどだ。当然ながら、事件を境に我が家の家計は極端に悪化し、私自身、悲惨とはいえないまでも楽ではない十代を過ごさねばならなかった。

——それに比べて、伯母は！

祖父の莫大な遺産を相続した伯母が、趣味骨董に湯水の如く金を使ったであろうことは容易に想像できた。が、

「そうですか、なにもご存じなかったのですね」

越名の言葉は意外にも暗く、言いづらそうだった。

「なにも？　……それって」

「大倉瑠璃子様は、公営の実に質素な施設で亡くなったのですよ。この店にも数ヵ月に一度、僅《わず》かばかりの収入が入ったときにお見えになって、小物を一つか二つ買われるのが唯一の楽しみだったようです」

「嘘ッ！　だって伯母は祖父の遺産をそっくり受け継いで」

越名はゆっくりと首を横に振った。

「どうやら誤解があるようですね。それに大倉様が遺された切子細工のメッセージも」

そういうと、越名の目はいっそう細くなった。しばらくたって、

「この《酒瓶》ですが、一週間ほど預からせていただいてよろしいですか」

その言葉に、私はうなずくしかなかった。

（四）

きっかり一週間後、部屋の留守番電話に、越名からのメッセージが吹き込まれていた。それに従い下北沢の雅蘭堂へ赴くと、この日は安積の姿が見あたらなかった。

「ああ、今日は学校なんですよ。信じられないことに、あいつも就職ガイダンスを受けるらしい」

「だって、ここに勤めてしまえば」

「冗談じゃない！　今だって十分に迷惑しているんですから」

「そうは見えませんよ」

越名には、どうやら人の気持ちを柔らかにする能力が備わっているらしい。こんなにも軽口をたたける自分を、私は久しぶりに発見した。

「でも、安積ちゃんて意外に鋭いところがあるみたい」

「わかりますか。実はそうなんです。でも褒めると図に乗るから決してその言葉を口にしちゃ、いけません」

「越名さんて、もしかしたら性格があまりよくないとか」

「同じことを安積からもいわれます。マ、海千山千の世界で生きてゆくためには」

「正直なだけではカモにされる？」

「そんなところですかネ」

越名が、例の切子細工を取り出した。

「これ、もしかしたら例の事件の時に、お祖父様のコレクションの中にあったものではありませんか」

「私もそうではないかと思ったのですが、どうも記憶がはっきりしないのです」

「実はですね、これは江戸切子の中でも、再現ものではなく、古物であることがわかりました。多分幕末の頃の作ですね。しかも保存状態が抜群によい。となると、値段としては八十から百の価値があると見ていいでしょう」

「八十万円！」

「となると、大倉瑠璃子様がご自分で手に入れた可能性は少なくなります。多分お祖父様のコレクションの一つであることは、間違いないでしょう」

「すると、どうなるのですか」

越名が勧める冷たい烏龍茶に、口を付けると市販のものとは違ったいい香りがした。「中華街の友人に分けてもらっているんです」といいながら、越名はテーブルの下からガラスの小瓶を取り出した。

「それは！」

「香水の空き瓶です。ちょっとだけ手を加えてあるのですが」

小瓶には蓋がなかった。

「先日の安積の推理もどきですが、覚えていますか」

「ええ、もちろんです」

「実は、わたしも同じことを考えていたし、今も真実はあの通りだと思っています」

「でも！　母は徹底的に調べました。それは私も見ているんです」

「ええ、でもあなたのお母様は見落としてしまったんです」

その言葉に反論を加えるべく、記憶機能のすべてを稼働させ、あの日のことを再現しようと試みた。三十点近くあったコレクションに、越名が取り出したような小瓶はなかったか。母の眼を誤魔化すような、怪しいものはなかったか。

「いえ、そんなことはありません。絶対に」

我ながら依怙地な口調だと思いながら、越名の言葉を否定した。すると越名は頬に柔らかな笑みを浮かべて、「ところで」と話題を変えようとした。

「あなたのお祖父様は相当にプライドの高い方ではありませんでしたか」

「ええ、それは。一代で財をなした人ですし、自分の商才を誰よりも信じていましたから」

「でしょうね。そんなお祖父様にはどうしても許せないことがあった、とは思いませんか」

「というと」

「商売に負ける自分……そしてそれを認めること」

越名の言葉が理解できず、沈黙するしかなかった。

「今から十年前のことです。それまで膨らむ一方だった日本の経済は大打撃を受けることになりました。三月だったと記憶しています。円・株・債券のそれぞれが暴落し、《トリプル安》という言葉が、以後あらゆる新聞紙面に踊ることになるのです」

「ああ、バブル……崩壊」

「そうです。しかもバブル経済の崩壊は、以後十年にわたる経済氷河期の始まりでもありました。あなたのお祖父様は、確か投資関連で資産を作られたとおっしゃいましたね」

「じゃあ、祖父はバブル崩壊で」

「それまで四万円に届くかと思われた平均株価は、この年の十二月にはついに二万円を割り込んでしまいます。あなたのお祖父様がかなりの痛手を受けたことは、まず間違いないでしょう」

そんなときに、祖父は父親から融資の申し込みを受けたのである。プライドの高い祖父。若いときから商才を絶賛され、実践し、巨額の資産を築いた祖父。そんな祖父が「バブル崩壊で痛手を受け、融資するだけの金がない」と、果たして素直にいえただろうか。

「越名さん、まさか」

「あくまでも想像でしかありません。けれど、お祖父様は御自分の誕生日を祝う宴席、その費用さえも苦しくなっていたのかもしれません。かといって費用がないとは口が裂けてもいえないとなると」

「つまり、自らを被害者とするトラブルを演出し、その怒りから二度と宴席を開かなくなったことにすればいい。ついでに両親に疑いの目が向けられるようにすれば、融資の話もうやむやにできるというわけですか」

祖父はそんなつまらないプライドのために、実の娘と疎遠になってしまう手段を選んだというのか。そう思う一方で、

——やるかもしれないな、あの人ならば。

彼の血を誰よりも濃く受け継いだ母の、その後の苛烈としかいいようのない行動を見れば、納得できる気がした。

「ということは、祖父の計画の協力者が、瑠璃子伯母ということになりますね」

「そうです。彼女の行動は安積が想像したとおりでしょう」

「でも……」

そこには解決されない問題がある。祖父のコレクションを調べたのが、他でもない母であるという一点において、安積と越名の推理は成立しないのである。

「ですから、お母様は見落とされたのです」

「そんなことは絶対にありません」

先ほどと同じ話が繰り返された。

「もう一つ、謎がありましたね。大倉瑠璃子様がどうしてこの切子細工を《酒瓶》と、断定したのか。彼女はそれほどお酒が好きな人でしたか」

「いいえ、伯母がお酒を飲んでいる姿なんて、見たことがありません」

「だったら、これは水差しか、一輪挿しにでも見えたはずでしょう」

「でもそれは見る側の主観ですし」

「ところで……水差しと酒瓶の大きな違いはどこにあるでしょうか」

「……？」

「水差しには水が入ります。酒瓶には酒が入ります。どちらも液体ですが、徹底的に違うのは、片方には揮発しやすいアルコールという物質が含まれていることです」

越名の言葉の真意がまだわからない。

「アルコールを蒸発させないためには」

先ほどの小瓶を取り出し、越名はコルクの蓋を被せた。ああこれが「手を加えた」部分かと思った瞬間に、私はすべてを理解した。

——やはり母は見落としていたんだ。そして伯母はそのことを、どうしても伝えたかったんだ。私や母に謝罪するために！

「蓋が必要なんです」

越名がコルクを被せた香水瓶を逆さにして、切子細工の口にはめた。するとそれは蓋以外のなにものにも見えず、そこには一個の《酒瓶》が、何事もなかったかのように鎮座していた。

幻《げん》・風景

（一）

京都・嵯峨野《さがの》のさる有名豆腐店の、しかも一等品との触れ込みの豆腐が、湯豆腐鍋の底でダンスを始めた。

——あと少し、ほんの少しだけ。

ダンスが激しくなり、いよいよ鍋底からジャンプするかしないかのタイミングを狙って、網れんげを差し入れる。豆腐が完全に浮かび上がったのではもう遅い。温度でいうなら、豆腐の芯にようやく温《ぬく》みが感じられる程度でなければ、せっかくの香りが死んでしまう。

醬油の一升瓶に利尻産の昆布を一本突き込み、そのまま一年寝かせたものがたれのベース。同量の酒で割り、ひと煮立ちさせたところへユズの皮を入れる。

ただし、今回の主役は有名店の豆腐でもなければ、一年仕込みのたれでもない。

湯豆腐鍋を楽しむこと、見極めることがわたしの目的である。

檜材を十数枚も組み合わせて作っただけあって、細部にわたって造りが凝っている。全体の様子は湯桶風。鍋の内側は総銅張りで、下には木炭を燃やすための火入れが仕込まれている。鍋の横に設えられた銅壺《どうこ》は、たれを温めるためのもので、場合によっては酒の燗《かん》をつけることもできる。

木炭の柔らかい火力で豆腐をゆっくりと温め、なおかつ酒類も楽しめるという、いわば大人のための道楽品だ。事実、これは特別注文品で、戦前に郵船事業で財をなしたさるお大尽が隠居後、金に糸目を付けずに、指物《さしもの》職人に作らせたものであるという。拵え良し、保存状態良しのＡクラス商品であることは間違いない。

「どうだい、いい物だろう」

ひどい濁声で犬塚晋作がいった一言が、いわずもがなに思えるほどの逸品である。

「いくらで手放す」

「まあ、雅蘭堂にはずいぶんと手痛い目に遭わされたからナ」

「よくいう。自分で仕掛けてきたくせに」

犬塚晋作。北陸から上越をテリトリーに手広く骨董業を営んでいて、わたしにとっても兄の収一にとっても因縁浅からぬ男である。以前に古九谷焼の目利きを巡り、犬塚の仕掛けた罠に危うく引っかかりそうになったことがある。そのような胡乱《うろん》な人物とは、公私ともに付き合うべきではないというのが、世間一般の常識であろう。が、我々骨董の世界では、「悪党に限って目が利く」という、悪しき常識が現実にある。言い換えるなら、目が利かない悪党は長続きしないということである。だからこそ、犬塚からの電話に応じて銀座の一流料亭の一室にのこのこやってきた、今のわたしの姿があるわけだ。

犬塚が、右の人差し指を一本立てた。

「馬鹿をいうな。いくらなんでも百（万円）は暴利を貪りすぎだ」

手堅く値を付けるとして、

――四十までなら出してもいいな。

そこまでなら即決してしまおうと、密かに心に決めていた。ところが、

「十でいいよ」

犬塚の答えはとてもじゃないが、信じがたいものだった。途端に、わたしの後頭部に備え付けの警報装置が、最大音のアラームをがなり立てはじめた。

「なにを企んでいる」

「別に……なにも」

はっきりとなにかを企んでいる口調で、犬塚が薄ら笑いを浮かべた。

「それよりも、豆腐が冷めるぞ。湯豆腐は温いうちに食べてこそ価値がある」

その手に乗って、あとで臍《ほぞ》を噬《か》むような愚かな真似は絶対にしない、そう眼でいっておいてから、わたしは湯豆腐に箸を付けた。

「うっ、うまいな」

「当たり前だ。銅張りの良さという奴だな。たれもいい。こいつは京都南禅寺前の豆腐料理屋から、わざわざ運ばせたものだぜ」

「そいつはまた、手の込んだ」

「で、どうするんだ。十で引き取るのか、取らないのか」

「別の条件があるのだろう。それを聞いてからだ」

「まったく、兄といい弟といい、可愛げというやつが欠落しているんじゃないのか」

「愛嬌を見せた挙げ句に、足下を掬《すく》われるのではたまらんからな」

犬塚が両手を叩くと、襖を開けて若い女性が「商談は終わったん」と、いいながら入ってきた。犬塚の私設秘書にして、いかがわしい商売のパートナー、そして実の娘でもある小宮山恵子である。もっとも、その名前が真正であるかどうかの保証は、どこにもない。犬塚曰く、「非合法は身内でやるに限る」そうだ。裏切り者が出ないからというのがその理由だが、どうしてどうして、十分すぎるほど毒のある美貌を振りまく小宮山恵子は、利害が絡めば親でも即座に裏切りそうな気がする。あくまでも私見に過ぎないが。

「こいつを下げてくれ」と、湯豆腐鍋を指さし、「雅蘭堂さんがお持ち帰りだ」と、犬塚はつけくわえた。

「毎度おおきに、雅蘭堂さん。ええ買い物しはったねえ」

からかうような恵子の口調に、「未決だ」と、釘を刺しておくことをわたしは忘れなかった。とはいえ、気持ちはすでに傾き掛けていた。値段もさることながら、湯豆腐鍋の筋の良さに、恋慕に近い感情が湧くのを抑えきれなかったのである。骨董業者には、しばしばこうした至福の瞬間が訪れる。たとえ至福のすぐ先に落とし穴が待ちかまえていようと構わない、という気持ちになる。

湯豆腐鍋を片づけた恵子が、代わりに板状の風呂敷包みを携え戻ってきた。犬塚が目で指図をすると、風呂敷の結び目を解き始めた。中から現れたのは、その形状から予想した通り、十号の油絵だった。オレンジに暮れなずむ町のたたずまいがなんとも柔らかく、見るものの気持ちを優しく包むようだ。

「こいつは確か、作家のFが描いたという……」

「ほう、さすがだな。よく知っている」

「中学校の美術の教科書にも出ている作品だからな」

「《三鷹駅前暮色》と題されている」

「そうか、以前に頒布会（美術品の競り市）に出されたという話は聞いていたが、競り落としたのはあんただったか」

「まあ、人を使って……な」

オークションなどで、名前の公開を嫌う金持ちが、代理人を使って競り落とさせるというのはよく聞く話である。同じ事を犬塚も行なったのだろう。

「いくらで落とした？」

「値段は、いい」

「売り手を探しているのではないのか」

犬塚の表情が、急に引き締まった。娘の恵子までもが、表情に緊張を滲ませている。

「絵を一枚探して欲しい」

「絵を？」

たぶんそれは、Fが描いた《三鷹駅前暮色》と関係があるのだろうと、予測した。

「Fが、三鷹駅前を描いた作品が、もう一枚あるはずなんだ」

「……ふうん」

「とぼけるなよ。あんたが骨董業とは別に裏の顔を持っていること、つまり絵画のサーチャーをやっていることはお見通しだ」

「別に隠しているわけじゃないさ。あくまでも趣味なんだ」

絵画のサーチャー。要するに不明になった絵画の探し屋である。犬塚がいうほど、怪しい稼業ではない。わたしの店・雅蘭堂があまりはやらない店であることと、好きな絵画を売り物にするのではなく——このあたりは、是非強調しておきたい——別の仕事の形でアプローチをしたいと常々願っていたことなどが重なって、まあ、アルバイト感覚でやっている副業のようなものだ。断じて「裏の顔」などという、大袈裟なものではない。

「だが、Fが三鷹駅前を描いた絵が、もう一枚あるという話は、聞いたことがないな」

「確証はあるんだ」

そういって、犬塚は一枚のコピーを取りだした。

（二）

Fは戦前に活躍した私小説家である。南洋の戦線から復員してきたFは、ほとんど作品を書かなくなり、というよりは書くべき場所を失い、失意のうちに二十代の後半で、病死している。今はもうその作品が顧みられることはほとんどなく、文壇史に小さく名前が掲載されるのみの、忘れられた作家といってよい。ただし、あくまでも小説においては、である。彼の名前は、その短い生涯に残した数点の絵画によって、美術史上に今も燦然《さんぜん》と光り輝いている。美術評論家の中には、「村山槐多の再来」と、褒め称える者まであるという。

その評価は、Fが存命のうちからすでに定まっていた。

けれど作家としてではなく、画家として評価されることをもっとも忌み嫌っていたのは、他ならぬF本人であった。「このような手慰み」と自嘲するのが口癖で、絵を褒め称える者には、無造作に投げ与えたらしい。だからこそFの描いた絵はいつの間にか散逸してしまい、今となっては「幻」とまで、いわれるのである。当然の事ながら、絵画の頒布会にFの作品が掛けられれば、とんでもない高値がつくことになる。

「高値がつく……か」

美術出版で知られるQ社から出ているFの評伝を帳場の手提げ金庫の上に置いて、わたしはしばらくの間、同じ言葉を繰り返した。

高値がつくということは、それだけ市場に贋作が流される可能性が高いということである。そして犬塚と贋作という言葉ほど、相性の良い組み合わせはない。

——だが、奴は贋作を探せといっているのではない。

わたしは、犬塚が寄越したコピーに目を落とし始めた。読みにくい旧かな混じりの手書きの文である。

『……（省略）Ｆ君より油絵具の匂ひも未だかぐはしき作品一枚受く。三鷹駅前情景、甚だ詩情に溢れて、まさしく逸品なり。朝の光受けし駅舎の清潔なる大気を、見事に活写するものなり。君曰く「ほんの手慰み」と。なれど我思ふに、君の手にいつから神宿りしや、と。駅舎より続く大通りにはあまたの人影あり。生気と活力満ちあふれ、さながら《希望の街》とでも、題すべきか。ああ君よ、倦む事なかれ。たとひ君に文才を求むる人無くなりしとも、君には絵筆操る精妙の技あり。森羅万象より色と線とを取り出す眼力あり。我はただこの一枚の絵のみにても、君の才気を疑はざるなり』

これは、Ｆの先輩作家に当たる人物の当用日記に記されている文章の一部であるという。犬塚によれば、専門の筆跡鑑定をクリアした真正物であるというし、なによりもこの人物の日記は昭和四十年代に一度出版されており、国会図書館に行けば閲覧も可能であるそうだ。

「……越名さん」

不機嫌そうな安積の声に、わたしは顔を上げた。声の調子からいってアルバイト料の前借りではないようだが、一応、

「前借りなら駄目だぞ。今月分の安積のアルバイト料は前借りのしすぎですでに赤字が出ている」

と念を押した。

「そんなんじゃないってば！」

安積が視線で店の外を示した。黒のフェイクレザーのパンツに、わたしの知らない動物の毛皮のコートといった出で立ちで、小宮山恵子が立っていた。

あの夜。半ば強引に犬塚からサーチャーの仕事を押しつけられた夜から、恵子はわたしの助手兼連絡役となった。犬塚に、これまた強引に押しつけられたのである。泥棒の片割れを横に置くような馬鹿な真似はしない、まさかそれほど露骨なことをいうわけにもいかないが、わたしが丁重に断りを入れたことはいうまでもない。にもかかわらず、彼女がここに現れた理由はただ一つ、わたしが持って生まれてしまった押しの弱さ、ゆえである。

「ちょっと出てくる。店番を頼むぞ」

「あのさあ、あの人ちょっとヤバイ系が入ってない？　あたしとしてはお近づきになりたくないタイプなんだよね」

「そんなことは、お近づきになる前にいってくれ」

「だから、今からでも遅くないって」

――じゅうぶんに遅いって。

仕事として引き受けた以上、たとえそれが犬塚のような胡乱の輩の依頼であろうと、一応の結論を出さねばならない。それがプロの矜持《きょうじ》というものであろう。

なによりも、わたしの好奇心が、失われたFの作品をサーチするという仕事に興味を持ち始めていた。

「夕方には戻ってくる。店の品物をくすねるなよ、釣りは誤魔化すな」

「心配ないって。どうせ客なんか来るはずがないじゃないの」

クソ生意気な押しかけアルバイターの尻を、思いっきり蹴飛ばしてやろうかとも思ったが、ある意味で彼女の言い分は正しい、そう思い直してやめた。やはり押しの弱さは先天的なものらしい。

わたしと小宮山恵子が向かったのは、国会図書館である。

「手書き文字のコピーじゃ信用できへんという事？」

「当たり前だ。これが書籍からのコピーでも、現物を見なければ信用はできない」

古い書籍から活字を拾うことなど誰でも思いつくし、それを貼り合わせてもう一度コピーを取れば、架空書籍のコピーだって作ることは可能だ。そして犬塚とは、そうしたことに驚くべき奸計《かんけい》を働かせることのできる男でもある。

「やだ、まだ金沢でのことを怒っているの。男らしくないんやねえ」

「男らしいとかそうでないとかいった次元の話じゃない」

国会図書館でFの先輩作家の日記を探し出し、閲覧の手続きをとった。全国で出版されるすべての書籍の収蔵を義務づけられているだけあって、この図書館の利用者は多い。卒業論文の締め切りでも近づいているのか、学生らしい男女の姿が目立った。

「懐かしいなあ、この場所」

恵子がそういった。

「大学は……東京なのか」

「そんな風には見えへん？」

「そうとはいわないが」

「まあええわ。何年前か、なんて聞かんかっただけでも許しといたげる」

わたしの持つ札の番号が掲示板に表示され、請求した書籍をカウンターで受け取った。例のコピーを取り出し、一言一句確認したが、書籍の本文とコピーは完全に一致していた。

「そうか、やはり本物か」

「でしょう。Fは《三鷹駅前暮色》と、まったく同じ構図でもう一枚、朝の情景を描いているのよ」

恵子の言葉に、わたしは頷《うなず》くほかなかった。

日記の日付は、昭和二十四年八月一日となっている。とすれば、Fはそれ以前に絵を仕上げたことになる。先輩作家の日記に「油絵具の匂ひも未だかぐはしき」とあることから、完成から譲渡まで、さほどの日数が経っていないことがわかる。Fについての評伝によれば、《三鷹駅前暮色》が、描かれたのもこの年であるという。

画家が、同じモチーフで複数の絵を仕上げることはさほど珍しくはない。《叫び》で知られるムンクなどは、まったく同じ構図で油絵と版画を仕上げているほどだ。

——となると……。

まずは、先輩作家に贈られた絵が、いつまで彼の家にあったのかを調べなければならない。そのためのルートを、わたしは模索し始めていた。

「……ねえ、越名さん」

躊躇《ためら》いがちに恵子がいった。ちょっと思いついたことがあるのだけど、といつになく真剣な表情でいう彼女に、わたしは顔を向けた。

「思いついたこと？」

「疑問というてもええのかな。Fという人は、作家よりも画家の評価が高かったのでしょう。それも生前から」

「そうだね、本人はそれをひどく嫌っていたようだから」

「だからこそ、作品は散逸しても、必ずどこからか見つかったのでしょう」

「絵をもらった側としては、ちょっとしたお宝だったろうからね」

「だったら、どうしてこれまでもう一枚の三鷹駅前の絵、Fの先輩作家が《希望の街》と名付けた絵は、どこからも見つからなかったのかしら」

「おかしな事をいう人だね。行方がわからないからこそ、あんたの親父さんはわたしに調査を依頼したのだろう」

「それはそうなのだけれど」

「なにか思いついたのかな」

「もしかしたら、Fの意思が働いていたのではないかな……と」

「意思、というと」

「Fはあの絵が表に出ることを望まなかった。だからこそ、先輩作家にあげるときに、『この絵を門外不出にしてくれ』と、頼んだとか」

「そんなことは、日記には書いていなかったよね」

「逆に、書けなかった。それだけ重要な秘密が絵に隠されていた」

「どこからそんな発想が湧いて来るんだろうか」

「茶化さないで」

いつの間にか恵子の言葉遣いが変わっている。人に媚びるような、あるいはおもねるような関西訛りが、きれいな標準語になっている。そのときに覚えた微かな違和感が、いつまでもわたしの中から消えなかった。

(三)

「油絵。ああ、確かにうちにありましたよ。そうです、どこかの駅前を描いた風景画でしたね。そうかあれはFの描いたものだったのですか。それは知らなかった」

すでに頭の白くなった背広姿の男が、コーヒーをすすりながら懐かしそうにいった。

「いつくらいまで、お宅にあったのでしょうか」

「さて、そういわれると」

Ｆの先輩作家に譲られた、三鷹駅前を描いたもう一枚の油絵に関する調査は容易ではなかった。先輩作家その人は二十年以上も前に他界していたし、彼の妻もまた十八年前にこの世の人ではなくなっている。その息子に当たる人物が、東京の出版社で編集者をしていることをようやく調べ上げて、わたしは接見を申し入れた。

彼は絵が存在したことを覚えてはいたが、それがＦの描いたものであることも知らなかったし、その後の行方にも心当たりがないという。

「ですが……なんとなく胸の中がすうっとするような絵でしたね」

「朝の清々しさに満ちあふれているような」

「そうです、そうです。わたしが大学に入るまでは、うちの仏壇の上に飾られていましたっけ。Ｆの作品だって知っていれば、もっと丁寧に扱っていたのでしょうが」

「と、いいますと？」

「実に簡素というか、貧相な額に入れて、剝き出しのまま壁に掛かっていましたから、わたしはてっきりどこかの無名の画家の絵だとばかり」

「そうだったのですか」

彼と話しながら、わたしは手詰まり感を覚えていた。たぶん、作家の死後に妻が処分してしまったのだろう。あるいは、価値も知らずに、誰かに与えてしまったのかもしれない。美術品に付随する価値とは、しょせんその程度のものでしかない。それをすばらしいと思わぬ者にとって、油絵とはキャンバスと絵具の塊に過ぎないのである。

「母が亡くなったときには、すでに絵はありませんでしたよ」

という言葉が、わたしの推測を裏付けてくれた。

「なにせ、母はFという人物に嫌悪感を抱いていましたからね」

「相当に癖の強い男だったそうですね」

「殊に戦後は……Fときたら無為徒食の典型のような生活を送っていたらしい。それを援助し続けたのが父です。薄汚い格好でふらりと現れては『朝から飯を食っていない』と当然のように家に上がり込むのだそうです。おまけに小遣いまで与えて」

「そりゃあ、堪らないなあ」

「でしょう」

作家の息子の言葉に相槌を打ち、わたしはFという人間の存在の意味について考えてみた。確かに、そのような人物は実在する。特に何事かを創造する立場にある時、周囲を傷つけ、引き裂くことでしか行為をなしえない魂が、確かに存在するのである。驚くほどの繊細さと、傍若無人、そして不遜とが一つの魂の中に矛盾することなく同居しているといってもよい。

「それに……本人は画家と呼ばれるのをずいぶんと嫌っていて、絵もすべて無料であげたようなことをいっていますね。でも結局は、なんらかの援助を受けているんですよ、絵の代償として」

「それは知らなかったなあ」

「だから、母はFを嫌っていたのだと思います」

ますます絵の行方は怪しげになりつつあった。彼の母親にとって、それがFの作品であるというだけで唾棄すべき存在であったに違いない。

「誰かに売ったという話は聞きませんよね」

「ええ。残念ですが」

それ以上の進展はなにも見られず、わたしたちは別れた。


その夜。まるで様子を窺《うかが》っていたかのように、兄の収一から国際電話が掛かってきた。もちろん着信者払い《コレクトコール》で、である。用件は来年の父親の十三回忌に関することであったが、事のついでにわたしはFの残した絵について聞いてみた。

「二枚目の三鷹駅前風景画？　知らんな、そんな話は聞いたことがないぞ」

「ところが、あるんだな。記録も残っているし、見たという証言もある」

「だったらたいしたものだが」

「ところが、完全な手詰まり。Fの先輩作家に当たる人物の家にあったことまではわかっているが、それから先がわからない」

「たぶん、誰かが絵を欲しがったんだな」

「これ幸いに、作家の妻は絵を売った」

受話器の向こうで、しばらくの間沈黙が続いた。その間にも着実に加算されてゆく通話料に眩暈《めまい》がしそうになったが、そういって通じる相手でないことは誰よりもわたしがよく知っ

ている。やがて、

「例の《三鷹駅前暮色》の方ナ。あっちの来歴を調べてみてはどうだ。二枚の絵が対《つい》になっているなら、もう一枚の朝の情景を欲しがる可能性はかなり高い」

「そりゃあ、そうだ」

だからこそ犬塚も、調査を依頼してきたのである。そのことを忘れていた自分が、とてつもなく愚かに思えた。礼をいって電話を切ろうとすると、兄が「ちょっと待て」と、いった。

「もう一枚の三鷹駅前風景画が見つかったらすぐに俺に報せるんだ。もちろん犬塚よりも先に、だぞ」

「どうする気だい」

答えを聞く必要もない質問だったが、敢えて問うてみた。

「もちろん……俺が先に買い取る」

――神よ、この不埒ものを許し給え。

その場からフェードアウトするように、受話器を置くと、それを追いかけるように呼び出し音が鳴り出した。てっきり兄の怒りの電話に違いないと、わざと出ないでいると、留守番電話の応答メッセージのあとに続いたのは、恵子の声だった。

「小宮山恵子です。至急連絡をください。携帯電話の番号は……」

「わたしだ。越名だよ」

「なんだ、いるやないの。居留守を使うなんて、借金取りにでも追いかけられてるん？」

「借金取りの方が、まだ可愛いかもしれない」

ところで急ぎの用とはなにかと聞くと、恵子はその必要性があるとも思えないのに、声をひそめた。

「昭和二十四年に、面白い事件が起きていることがわかったのよ」

「面白い事件？」

「しかも事件が起きたのは三鷹駅。それも七月の十五日だとしたら、かなり怪しいと思わへん」

「昭和二十四年七月十五日……まさか《三鷹事件》か」

「ビンゴ！」

あまりに意外な言葉を聞いて、わたしは反応を失った。

（四）

三鷹事件。

一九四九年、未だ敗戦の傷跡を深く残す日本では、この年不可解な事件が続発している。それも鉄道に絡んだ事件ばかりというのが、なにか意図されたもののようで、気味が悪い。

七月六日。国鉄職員の大量解雇に手を付けた総裁・下山定則の轢断《れきだん》死体が発見された。今も自殺と他殺の判断が分かれる、《下山事件》である。

続いて七月十五日。三鷹駅車庫から暴走を始めた無人電車が、改札をぶち抜いて駅前の派出所を全壊させ、さらに民家に突っ込んだ。駅にいた六人の客が事件に巻き込まれて死亡。当時の首相である吉田茂は、事件そのものを「共産党員の悪質なる扇動行為」として、反共思想のプロパガンダに利用した。これがいわゆる《三鷹事件》である。

さらに翌月の十七日。東北本線松川駅付近で、旅客列車が横転、三人の死者を出した《松川事件》が発生する。

「ねえ。三鷹事件って、謎の多い事件なんでしょう」

「主犯とされる容疑者は、再審請求の最中に亡くなったはずだが」

「もしかしたら、Ｆは事件に巻き込まれたんじゃないかしら」

「どうも話が飛躍しすぎている気がするなあ」

「たとえばよ、Ｆは真犯人を見てしまったとか」

「だったらどうしてそのことを警察に話さない」

「話せなかったから。事件に介入していたのが、国家権力だったという説もあるのでしょう」

「そんな説もあった気がするなあ。その直前の下山事件と結びつけて、反共運動を展開させるためにＧＨＱが仕組んだといっていたのは、松本清張だったかな」

「だったら、絵は絶対に出てこないと思うな」

「どうして」

「決まっているじゃない。Fはあの絵を描いたときに、三鷹駅周辺にいてはいけなかった。だからこそ先輩作家に絵をあげてしまったのよ。まさかそのことを彼が日記に付けるとは思わずにね」

恵子の言葉が次第に熱を帯びてゆくのがはっきりとわかった。確かに推論としては面白い。三鷹事件が国家権力ぐるみのでっち上げだとしたら、一介の私小説家にすぎないFがそれを口に出せるはずがない。

しかし、だからといって二枚目の三鷹駅前風景画が、絶対に出てこないという恵子の言葉には、なんの信憑性もない。

——それだけではない。

二枚目の風景画と三鷹事件を結びつける接点さえも、どこにもないのである。それは推論と呼べるものですらなく、単なるこじつけ、邪推、妄想の類と片づけられても仕方のないレベルの話でしかない。にもかかわらず、なにゆえに恵子はその説に固執するのか。謎の比重は、むしろそちらに傾いている。曖昧に言葉を返し、受話器を置いた後でわたしは考え続けた。

兄・収一のアドバイスに従い、《三鷹駅前暮色》の来歴を調べてみると、意外なことが判明した。この作品が、初めて頒布会に掛けられたのが昭和五十年代後半であること。それ以来、三度にわたって頒布会に掛けられていて、その都度、値が吊り上がっている。しかし意外だったのはそのことではない。競りにかけた三人の画商がいずれも、犬塚と深い繫がりを持っていることに、わたしは少なからぬ衝撃を受けた。

——犬塚の奴。こんな真似をしていたのか。

わたしは、自分の仮説を確認するべく、幾人かの画商に連絡を取ってみた。

そして、ようやく犬塚の意図を汲《く》み取ることができた。

「やってくれる！」

思わず声に出してしまったほど、あの男のやり方は巧妙かつ大胆だった。

わからないのはただ一つ。

小宮山恵子の動向だけだった。

（五）

いつぞや、湯豆腐鍋を譲り受けた料亭へ、今度はわたしが犬塚を招待した。

「ほお、もう結果が出たのか」

受話器の向こうで驚きの声をあげる犬塚に、「まあ」と言葉を濁しながら、わたしは思いっきりの罵声《ばせい》を声なき声で浴びせかけていた。どうしても必要性があるから、《三鷹駅前暮色》を持参してくれと念を押すと、犬塚はなんの疑いも持たない声でそれを了承した。

約束の時間ちょうどに料亭に赴くと、犬塚はすでに待っていた。

「さすがだな。いやあ、雅蘭堂に調査を依頼して良かった」

とぼけたことをいう犬塚に、わたしは先制攻撃をくわえることにした。

「よくいうよ。またもやペテンに掛けようとしたくせに」

「ペテンとは穏やかじゃないいな」

「とぼけなさんな」

「お前の言葉の意味がさっぱり理解できんぞ」

「すべてのヒントは、あんたが用意してくれた例の日記の文章に隠されていたんだ」

そういってわたしは、日記のコピーを取りだした。

「《三鷹駅前暮色》が、初めて世の人々の目に触れたのは昭和五十年代後半、Fの先輩作家である人物が他界してからのことだ。それまで、この絵はずっとその作家の家に飾られていて、彼の家から外に出ることはなかった。つまり、だ」

《三鷹駅前暮色》という作品の存在、その来歴が始まったのは作家の未亡人がこれを誰かに売り渡してからのこととなる。

「ここで、もう一つ、世間は勘違いをしているんだ。つまり《三鷹駅前暮色》という作品があまりにも有名になってしまったがために、この作品のタイトルを疑う者が誰一人としていなかった」

「他にどんなタイトルを付けることができる？ 《三鷹駅前暮色》これ以上に相応《ふさわ》しいタイトルが他にあるか」

「そういう問題ではないんだ」

わたしはそういって、コピーの一部を指さした。『さながら《希望の街》とでも、題すべきか』という文章を音読して、

「これがすべての答えなんだ」

判決主文を読み上げる裁判官の気分で、そういった。

「どんな答えだ?」

「Fという男は、自分が画家と呼ばれることを極端に嫌がっていた。あくまでも自分は小説家だ。たとえ画家としての作品が高く評価されようとも、自分ではそれを絶対に認めない。だからこそ」

Fは、自分の作品にタイトルを付けなかったのである。

「作品にタイトルを付けていたのは、それを受け取った人々だったんだよ」

「ふうむ。そういったことはあるかもしれないが、それがなにか意味を持つのか」

「持つ。実に大きな意味を持つんだ」

そういいながら、わたしは隣の座敷でじっと二人の話に聞き入る、もう一人の人物の気配を感じていた。小宮山恵子であることは間違いない。「ところで話は変わるが」と、わたしは犬塚をまっすぐに見ていった。

「《三鷹駅前暮色》を、作家の未亡人から買い取ったのはあんたじゃないのか」

とぼけるかと思ったら、犬塚はあっさりと頷いた。

「ああ。例の未亡人、Fのことを嫌い抜いていたことを知っていたからな」

そういって犬塚は、作家が彼の常連客であったことを淡々と語った。「まあ、目利きはからっきしだったが」と、罰当たりな台詞まで付け加えて。それから先のことは、すでに何人かの画商の口から証言を得ている。要するに犬塚は、何年も掛けて、作品を市――頒布会――で転がしていったのである。自分の手の内にある画商を使い、次々に転売を装うことで、価格を吊り上げていったのだ。

ところが誤算が起きた。

「美術品は、いっときまでは投機の対象でもあった。が、バブルの崩壊で価値は下落。それは《三鷹駅前暮色》とて、例外ではなかった」

以後、日本経済は坂道を転がるように悪化し続けている。とてもではないが、《三鷹駅前暮色》の価値が上がる状況にはない。

「そんなときだ。あんたはとてつもないことを思いついた。いや、あるものを見つけてしまったんだ。それが、このコピーだ」

「…………」

唇を引き結んだ犬塚が、その表情のままいっさいの動きを止めてしまった。沈黙はいつでも真実の重みを持っている。わたしの推論は、確信に変わった。

「この文章を読む限り、この世に《三鷹駅前暮色》と、まったく同じ構図で違う色彩の作品がもう一枚存在していることになる」

「だから、お前に調査を……」

「もう茶番はやめにしよう」

わたしは、バッグから二本のガラス瓶を取りだした。

「こっちは溶解剤のペトロール、こちらが弱酸性の石鹼液。どちらがいりようだ」

途端に犬塚が大きな声で笑いだした。

「全くのところ、いけ好かない、可愛げのない餓鬼だ。まったく」

兄弟揃って、といいたい気持ちがその声にこもっている。

「いつ気がついた」

「あの日記で、Fはもしかしたら、絵にタイトルを付けなかったのではないかと思った。そしたらすべてがわかった。未亡人からあの絵を買い取ったあんたは、てっきり夕暮れの絵であるかのように錯覚して《三鷹駅前暮色》というタイトルを付けてしまった。そしてこのタイトルは以後、世間に定着して誰も疑う者がいなくなった」

石鹼液を脱脂綿に染み込ませ、わたしは絵の表面を軽く拭いた。

「あんたが買い取る直前まで、この絵は仏壇の上の壁に掛けられていたんだ。しかも剝き出しのまま。するとどうなる？」

街と駅舎を夕暮れに染め上げる茶の色を、ゆっくりとふき取った。

「絵具なんかじゃなかったんだ。長年にわたって線香の煙に燻《いぶ》され、《希望の街》は、いつの間にか夕暮れ時の街に変わっていただけのことだ」

煤とも脂《やに》ともつかないものがきれいに落とされると、そこには清々しい、作家の息子がいうところの「胸の中がすうっとするような絵」が、現れた。

「で、《希望の街》は、もうどこかの工房で作られているのか」

犬塚は単にわたしをからかうためだけに、こんなことを仕掛けるような男ではない。あるはずもない《希望の街》が、わたしの調査が進むうちにどこからか現れる仕掛けになっているに違いない。対の二枚の絵画は話題を呼び、再び高値で取り引きされることだろう。

「ま、八割方はできあがっている」

「すぐに取りやめるんだな。でないと」

「なあ、雅蘭堂よ」

犬塚の口調がまったく別のものになった。

「なんだ」

「俺達がいがみ合うのは、ばからしいとは思わんか。お前はなにも気づかなかった。市場には新たなFの作品が現れ、業者を喜ばせる。そういうことになれば、誰もが幸福になれる」

「特にあんたが、だろう」

犬塚は否定しなかった。その顔つきはどこまでもふてぶてしく、自信に満ちあふれている。というよりは、自分の提案に乗ってこないわたしの存在が、不思議でならないのだろう。自分を正義と言い切るほど、わたしは不遜ではない。けれど、

「あんたとは流儀が合わないんだ」

「人間、賢く生きる方がいいぞ」

「確かに楽には生きたいが、妥協できないことだってあっていい」

「まるで年寄りだな」

「あんたの考えが柔軟すぎるんだよ」

それだけいって、わたしは料亭をあとにした。


帰り道。下北沢の駅で下車して、雅蘭堂への夜道を急ぎながら、わたしは背後に小さな足音を聞いていた。間もなくそれが追いつき「越名さん」と、声を掛けてきた。

「礼はいわないが、いいな」

わたしは、小宮山恵子にそういった。

「もちろん、そんなことは……」

「一つだけ聞いていいか。どうして父親を裏切る気になった」

犬塚に話さなかったが、小宮山恵子が必要以上に三鷹事件に拘《こだわ》ったおかげで、わたしは今回の話に胡散臭い匂いを感じ取ることができたといってよい。

「本当はねえ、うちかて、越名さんが仲間に入ってくれたら嬉しいと思うてるんよ」

「勝手に仲間扱いをされてたまるか」

「そうやねえ、越名さんには似合わへんもんねえ」

「で、どうして俺に絵のことを諦めさせようとした」

「お父ちゃんねえ、越名さんをはめて共犯にするのが目的やったんよお」

「なっ、なんだって！」

思わぬ言葉に、わたしは完全に我を失った。

「そうなんよ。越名さんの調査が進むうちに《希望の街》が現れる。そして《三鷹駅前暮色》といっしょに、どこかの美術館に売られる予定やったんよ」

そういって、恵子が鎌倉に実在するあまりにも有名な美術館の名前を口にした。

「まさか、販売されたあとに」

「うん。すべてのからくりを暴く、匿名の手紙が届く手筈やったんよ」

あまりに淡々と話される、がしかし、その内容たるや、わたしの古物商人生をすべて瓦解させかねない恵子の話に、喉の渇きさえ覚えた。

「越名さんを二度と表の世界に出られないようにして、それからゆっくりとうちらの仲間に引き込む。ね、完璧でしょう」

「完璧どころの騒ぎか！　そういう問題じゃないだろう」

今回の罠が、すべてその目的のために仕組まれたというのか。微かに膝が震えるのを感じた。

不意に、恵子が濡れたような瞳を近づけてきて、わたしの唇に、自分の同じ器官を押しつけた。ひやりと冷たい感触は、一瞬のうちに消えていった。

「でもね、やっぱり越名さんは表の世界にいなきゃ」

消え入るような声で、恵子がいった。そして、「住む世界がちがうんやろうなあ」と、ひとこと残して、その身を翻した。

黒いコートは、たちまち路地の闇に溶けて消えた。

後に残されたわたしは、ぼんやりと恵子の唇の感触を思い出そうとしていた。

根付け供養

（一）

島津《しまづ》鳩作《きゅうさく》が作品に最後の磨きを掛けているところへ、「おいでですかな」と、彼の返事を待つこともなく男が入ってきた。

「おじゃまいたしますよ」

男の身長は一六〇に満たないのではないか。そのくせ太い鉄骨を思わせる。肩幅、みっしりと詰まった胸の厚みが、大男が油圧プレスかなにかで圧縮されたかのような印象を与える、どこか滑稽な感じのする男である。名は、風見禎一《かざみていいち》。それが本名であるか否かはわからないし、島津には関係がない。滑稽な感じ、とはいったが、それはあくまで彼の体型を指しているのであって、その相貌をまっすぐに見た人間は、絶対に滑稽などという言葉は使わない。いつもにこやかに笑っているようだが、その細い目の奥に潜む凝った光を浴びただけで、人は不安とも畏怖ともいえない不思議なざわめきを覚えずにはいられない。ぎらつくような欲望も、暗い悲しみも、爆《は》ぜるような怒りと憎悪さえも、「笑顔」の中に閉じこめることのできる男である。そのことに島津は、ようやく慣れてきた。

「ちょうどよかった、今、仕上げをやっているところだ」

鹿革の裏で火縄銃の細部に磨きを掛け、細かい塵《ちり》や削り屑を落として、風見に渡した。火縄銃といっても、もちろん本物では、ない。水牛の角の芯材を使い、親指ほどの大きさのミニチュアに仕上げた、根付け細工である。細部に重厚感を出すために、銀象嵌《ぎんぞうがん》を施してある。

仕上がったばかりの根付けを手に取り、風見は目で見るというよりは、指先で仕上がり具合を確かめるように撫《な》で回した。実のところ、島津は風見のこのやり方が好きではない。己の身体を無遠慮に撫で回されるようで、気味が悪くなることがある。

「……どうかね」

「いつもながら」と、風見は根付けを鹿革の上に戻した。

「上々吉《じょうじょうきっ》の出来映えで。さすがは玉蓮《ぎょくれん》師匠の御作はひと味もふた味も違います」

玉蓮は、根付け細工を作るときの、島津の号である。ただし、日頃は「島津さん」としか呼ばない風見が、この名を使うときには別の意味を持つ。

島津の内部で、ざわりと寒気にも似た感覚がわき上がった。

「仕事……かね」

それには答えず、風見は手にした鞄から、袱紗《ふくさ》の包みを取りだした。大きいものではない。せいぜいが一五センチ四方といったところか。つまりは、根付け一つを作るのにちょうどよい、素材の大きさということである。風見が、この男にはおよそ似合わぬ細い指で袱紗をはらりとめくると、中から薄く黄味のかかった白い素材が現れた。この世に「象牙色」という色彩表現があることを、改めて思い出させてくれる柔らかな色調。象牙色以外の何ものでもない。

「よくこれほどのものが手に入ったな」

と、思わず島津が呟いてしまったほどの、完璧な象牙の芯材である。

「時代は元禄あたりがよいかと」

「すると、かなり細かい細工が必要だね」

「師匠のもっとも得意とするところでしょう」

それに答える代わりに島津は象牙材を袱紗ごと取り上げ、その肌理《きめ》の密度を確かめてからゆっくりと頷いた。


島津は元から根付け細工師であったわけではない。三十代までは主に古民具の修復を得意とする職人であった。江戸の昔でいうなら指物職人である。根付け細工はあくまでも余芸、暇を見ては趣味で作る程度であった。特に師匠についたこともなく、写真や実物を見て、それを模倣するところから始まってやがて、独特の意匠を凝らすようになった。玉蓮の号も手前で勝手につけたものである。

元々、根付けは印籠や煙草入れ、巾着といった提げものを、帯に垂らすときの滑り止めである。根付けという名前が一般化したのは慶長年間の頃であるらしい。当初、根付けを専門に作る細工師はあまりおらず、仏師や画工、指物職人といった人々が片手間に、ごく簡単な細工で作っていたという。ところが町人文化の勃興と共に根付けはその細工技術が急速に発達し、やがて専門職人も現れるようになった。ことに元禄の爛熟した時代には、目を見張るほどの細かい細工が施された根付けが数多く作られた。それはまさしく「小宇宙」と呼ぶに相応しい、極小の芸術品が生まれたのである。

そうしたものが日本の風土、気質に合っているという一面も確かにある。箱庭然《しか》り、盆栽然り、また米粒絵然り。日本人のミクロ化への情熱は国民気質といってよいかもしれない。いかに細かい細工を、精密に仕上げることができるか、根付け細工の真価はその一点においてのみ、問われるのである。

根付けは、好事家《こうずか》を熱中させると同時に細工師そのものをも情熱のるつぼに突き落とす危うさを秘めている。少なくとも、島津にはそうであった。いつの間にか指物仕事よりも根付け細工に費やす時間が多くなり、やがて玉蓮の名が好事家の間で知れ渡る頃には、指物職人としての島津は、過去の人となっていた。とはいえ、意匠を凝らし、細工に情熱を傾ければ傾けるだけ、製作にかかる時間は増えてゆく。月に仕上げることのできる根付けはせいぜい二つか三つ。いくら好事家の間に名が知られようとも、現代作家の作では大した値段は付かない。結果としての貧しさに嫌気がさしたのか、あるいは根付け細工に注ぐ島津の情熱に異常なものを感じたのか、短い置き手紙を残して妻が家を出ていったのが四十をいくつか過ぎた頃のことだった。

そんなときに島津は風見と出会った。

出会った当初は客と島津との仲介に過ぎなかった風見が、「今回は特別な仕立てを」と言い出したのは、二年ほど経ってからだった。聞けば、古色をつけてくれないかという。なんのことはない、江戸時代の作品の贋作である。根付けはどれほど細工を細かく施そうとも、現代作家の作であるというだけで価値は大きく割り引かれる。逆にいえば、江戸時代の作であれば、そこそこの出来でも結構な値が付けられるという世界だ。

島津はその仕事をさしたる抵抗感もなく引き受けた。無論報酬の多さに魅力を感じたことは否定しない。が、それよりも古いというだけで高値をつけ、珍重する好事家達に強烈なしっぺ返しを食らわせてやりたかったのである。

意匠は、《おかめ・ひょっとこ》と決めた。表の面におかめを、裏にひょっとこをあしらった構図である。根付けに必ず必要とされるのが紐通しの穴であるが、島津は敢えてそれを開けず、代わりに面の境目に細い溝を彫り込んだ。そこへまだらの組み紐をかけ、上部できつく結び目を作れば、穴を開ける必要はない。しかも見た目には、おかめとひょっとこが手拭いで頬被りをしている、剽《ひょう》げた構図である。

江戸時代の記録には、幾人かの根付け専門職人の名が見えるが、その数は多くない。これまで知られていなかった、新たな職人の名が出てきても怪しまれることはないだろうと考え、島津は根付けの横に《英琳《えいりん》》の名を彫り入れた。

それが三年前の、初めての裏の仕事だ。

「英琳の仕事となると、構図はやはり表裏一体のパターンが良かろうね」

「どうでしょうか。表の面が寿老人、裏に男根を彫るというのは」

「フフフ、楽しいことを考えるじゃないか」

「洒落っけがないとつまらないでしょう」

島津は仕上がりを想像してみた。表の面は柔和そのもの、世事を超越した七福神のうちの一人寿老人。そのぽってりと丸い頭部は、裏を返すと禍々《まがまが》しいほどにいきり立った男根となっている。静と動。幽玄と邪悪。世の中に拗ね、あらゆる事を皮肉らずにはいられない、英琳には相応しい構図ではないか。

「だが、もうちょっと毒があった方がよくはないかな」

「もっと良い構図がありますかね」

「寿老人はやめて、弁財天にしようじゃないか。弁財天の玉結びの頭部が、裏を返すと隆々とえらの張った亀頭になるというのはどうだろう」

「よろしいですね。実に猥雑で面白い」

この三年間で、島津は英琳作の根付けを六つ作っている。ただし市場に出回ったのは最初の《おかめ・ひょっとこ》一つのみである。

「引取先は例の？」

「ええ。渋谷でスーパーマーケットを経営していた、高沢《たかざわ》の繋がりです」

「すると、目利きの方はあまり考えなくてもよいのではないかな」

「いえ、今回は相当に、注意していただかないと」

市場に出されたただ一つの英琳は、百五十万の値が付けられ、競り市で落札された。風見の話によれば、その実績だけで十分なのだそうだ。

以後、英琳の銘を入れた根付けのすべてが、会話に登場した高沢という蒐集家の元に納められている。蒐集家とは実に業の深い人種であるという。そのことを島津は風見から何度となく聞かされている。市場で認められた英琳を、是非とも自分も手に入れたいと願うのは、蒐集家の性《さが》のようなものだ。そして一つ手に入れることができれば、次の一つを。できることなら、この世に存在する英琳は、すべて手中に収めたい。英琳コレクションの持ち主として、羨望の眼差しで見られたいという、高沢の欲望に風見は実に巧みに取り入っている。

「実際に欲しがっているのは、高沢が所属している親睦団体の会長だそうで」

「どうせ、にわか仕込みのコレクターではないのかね」

「本人は、そうでしょう。ただ……」

「誰かが軍師としてついているのか。相当なコレクターかな、それとも研究者か」

「どちらでもありません。ただの骨董業者です」

「というと、相当な目利きだな」

島津の言葉に、風見がしばらく考える仕草を見せた。

「果たして目利きといってよいのか……日頃は根付けなど扱ってはいないはずですが」

「だったら、どうしてそれほど警戒する？」

「なんといってよいのか。奇妙に鼻が利くというか、別の眼を持っているというか」

「別の眼？」

島津は、もう一度象牙材の肌触りを指で確かめながら、じっと風見の答えを待った。

「越名というのですがね、その男」

「越名というと……もしかしたら下北沢で雅蘭堂という店を開いている、あの越名集治か」

その名前を聞いた途端、島津は頬にかっと血が上るのを感じた。

——あれからもう、何年になるのか。

まだ、島津が指物職人と根付け細工師という、二足の草鞋《わらじ》を履いていた頃のことだ。雅蘭堂と名乗る若い骨董業者の訪問を受けたことがある。一目で江戸の、それも相当に腕の良い指物職人の仕事とわかる薬箪笥の、修復依頼だった。それより以前の島津であったなら、たとえ報酬がなくとも修復せずにはいられないような逸品である。だが、

「引き出しの一部が壊れているのですよ。なるべく原形に忠実な形で修復を」

という、越名の言葉に、島津は「ああ」と答えたのみだった。

その当時すでに島津は、指物職人としての情熱も、矜持も、そして大切な技術さえも忘れかけていた。ただ、材料費込みの修復の代金である二十万円という金を、いかに減らさずに仕事を仕上げるか。ということは、粗悪な材料を使い、手間も殆ど掛けずに修復が終わったように見せかけることのみに心を傾ける、最低の職人だった。

越名の若さを侮っていたかもしれない。

手抜き仕事を終え、その旨を電話で伝えると、すぐに越名はやってきた。そして薬箪笥を

一目見るなり、その細い目を一層細めて、島津を見た。最初にくれた一瞥だけで、十分だとでもいいたげに、二度と簞笥の方を見ようとはしない。

「確かな腕をお持ちだと、聞いてきたのですがね」

なんの抑揚もない口調でいうその言葉の裏には、激しい非難と怒りが込められていることだけは、島津にもはっきりとわかった。途端に、かつて持っていたはずの矜持が、蘇った。けれど、それはいたずらに島津の心を頑なにするだけの効力しか持たず、

「どこか、不手際があるかね」

という、開き直りとしか思えない言葉を吐き出させたのみであった。

「これは……最低の仕事です」

一言だけいって、越名は薬簞笥を持って帰った。

以後、彼からの仕事が回ってくることはなかったし、その半年後には島津自身が指物仕事を完全にやめてしまった。今でもときおりそのときのことを思い出し、言葉にはできない感情のうねりに、大声を上げげそうになる。

「どうかしましたか」

風見の言葉に、ようやく島津は我に返った。

「そうか、あの越名が絡んでいるのか」

「ご存じなのですね」

「ちょっとした因縁があるだけだ。だが……」

そのときになって、島津は己の指が微かに震えていることに気がついた。

「いいだろう。一世一代の仕事をやってのけようじゃないか」

あの越名集治が相手ならば、という言葉は、歪んだ嗤《わら》いと共に胸の奥深くにしまい込んだ。

（二）

「ひぇ〜、これが百万円！」

頓狂な声をあげる安積の手から、大切な預かりものがこぼれやしないか、わたしの気がかりはそのことのみだった。慌てて根付け細工を取り上げようとすると、この押しかけアルバイターは、わざとこちらに背を向け、そうさせまいとする。

「もっとよく見せてよ。こんな小さな人形が百万円もするなんて、信じられないよお」

「人形じゃない。根付け細工だ」

「専門用語を使われたってわからないってば」

弁財天を彫り込んだ象牙の根付けをさも珍しそうに頭の上に掲げ、眺めていた安積が、その裏側を見た途端に「きゃあ」と大きな声をあげて、本当に品物を放り投げたときには、冗談抜きで心臓が喉から飛び出そうになった。とっさに手を伸ばし、空中で細工を確保したもののの、しばらくは瞬きさえ忘れてしまったほどだ。

「馬鹿野郎、なんて事を！」というわたしの叫びと、「このセクハラ親父！」という安積の声とが、きれいにシンクロした。

安積の驚きがわからないではない。緻密且つ妖艶な弁財天の裏側には、隆々として血管まで浮かび上がらせた男性の生殖器が、これまた緻密に彫り込まれているのである。今時の女子高生を絵に描いたような、といえば要するに無頓着で濃《こま》やかな気配りなどどこかに忘れてきたような安積であっても、平気で直視できる代物ではない。

「だから、お前が見るようなものじゃないといっただろう」

「それにしたって……ああ、驚いた」

「ふふん、その反応を見ると、心と体の方はさほどすれっからしになっちゃ、いないようだ」

「セクハラパート2。それって立派な犯罪だよ」

「当局に訴えられたくなかったら、バイト料を上げろってか」

「今月さあ、ケータイの通話料、爆弾みたいな請求書……来ちゃってさあ」

しきりと餌をねだる猫の仕草と口調ですり寄る安積を無視して、わたしは改めて根付け細工を凝視した。無論男根の方ではない。弁財天を見つめたまま、わたしはまた、瞬きを忘れた。

——英琳か。

胸の裡で何度も同じ言葉を繰り返す。

三年ほど前。元禄期の作とされる英琳の根付けが市場に現れたとき、すべての好事家はその迸るが如き才気と意匠に皆、驚愕したという。その作品につけられた百五十（万円）という値段でさえも、一部の蒐集家達の間では「過小評価だ」との声があがったほどだ。以後、彼の作が市場に出回ることはなかったが、どうやら一部の人間が作品を買い漁《あさ》っているという話は、わたしの耳にも入っていた。それが、数年前からわたしの店にもときおり顔を出し、そのたびに古民具を高値で引き取ってくれる、高沢老人であることを知ったのは、一年前のことだ。ある時店にやってきた高沢氏が、鞄から袱紗の包みを取りだし、「雅蘭堂さんなら、これにいくらの値を付けるかね」といって差しだしたのが、《英琳》の銘の入った、根付け細工だった。五種類の能面を組み合わせ、球体を構成するという凝った造りで、話に聞いていた英琳を見たのは、それが初めてのことだった。

おそるおそる「百二十ならば」と値を付けると、高沢氏は笑って首を横に振り、根付けを丁寧に鞄にしまうと、大正期に作られた家庭用の振り子時計を八万円で引き取っていった。以後、新たな英琳が手に入ると、老人は必ずそれをわたしの店に持ち込む。値を付けさせ、かぶりを振っては別の品物を店から買ってゆくといったことが、何度か続いた。

もとより売る気などあるはずがない。それが蒐集家という人種だ。手に入れた英琳を他人に見せたくて仕方がない、それもわたしのようなプロ――といっても根付けのことなど少しも詳しくはないのだが――に値を付けさせることで、満足感を味わいたいだけなのである。いうならば手順の一つ、ある種の儀式と言い換えても良い。蒐集家の嫌らしさ、稚気に敢えて付き合ってみせるのは、高沢老人が店にとって上々客であるからに他ならない。

もっとも、わたしにとっても英琳の作品を見ることは決して苦痛ではなく、むしろ楽しみでもあった。そのクオリティーもさることながら、一作として駄作のない、驚くべき技術水準の維持には、溜息が出るほどだ。

だが。

いくつめの英琳を見たときからかは定かではないが、わたしは驚嘆以外の感覚を、この小宇宙的工芸品から感じ取るようになっていた。言葉にしようがない、小さな小さな痼《しこ》りのようなものが、胸の裡に浮かんでは消えるのだった。

弁財天は、琵琶《びわ》を手にしている。水の神であると同時に、楽曲の神であることの所以《ゆえん》である。その部分の細工が、ことに凄まじい。

琵琶の上部には《海老尾》と呼ばれる直角に曲がったパーツがあって、そこに《転軫》という、四本の弦を調節する糸巻きが取り付けられている。ギターでいうところのフレットに当たる《鶴首》から、海老尾、転軫に至る部分が、完全に立体造型となっているのである。わずか一センチに満たない彫刻空間で、いったいどんな小刀の使い方をすれば、いったいどのような角度で鑢《やすり》をあてればこれほどの仕事が可能となるのか、英琳が生きているなら問い詰めてみたいほどだ。凡庸な職人ならば、浮き彫り程度で誤魔化しているに違いない。見つめているだけで息が詰まりそうな、根付け細工という名の小宇宙空間に引きずり込まれ、その世界の住人になってしまったような気さえしてくる。

「……ねえ、越名さんてば」

その声が、わたしの心を小宇宙から無事帰還させてくれた。

「あっ、ああ、どうした」

「だからさあ。そんな高価な品物を置いたって、うちで売れるはずがないじゃないって」

「失礼なことを平気でいう奴だな」

「だって事実だモン。バイト料だって安いしさ」

「うちは能力給だと何度もいっているだろう」

「それってさ、安積のこと最低だっていってるって事？」

他に解釈のしようがあるか、とはさすがに不憫でいわなかった。

それに、安積の発言の半分は的を射ている。いつもの事ながら、この根付けは売り物ではあり得ない。昨日店にやってきた高沢老人は、「今度の英琳はしばらく預けておくから、存分に値を付けてご覧なさい」と、自信に満ちた口調でこれを置いていったのである。どうやら今度の英琳は自分のコレクションに入れる予定ではないらしい。どうしてもと乞われて、彼の友人が買い取ることになっているそうだ。これほどの逸品をなんで人手に渡さねばならないのかという悔しさ半分、鬼気迫るばかりの細工のほどを、どうしてもわたしに見せびらかしたいという稚気が半分、その他諸々の感情が綯《な》い交《ま》ぜになっての「しばらく預けておく」なのだろう。わたしの口から、いよいよ英琳の凄さを世間に吹聴させ、自分のコレクションの価値を一層高めたいのかもしれない。

――まったく蒐集家という人種は。

困ったものだとは、口が裂けてもいえない。そうした人々の好き者心によって支えられているのが、他ならぬ我が雅蘭堂なのだから。

「それにしても凄いもんだねえ」

いつの間にか、わたしの手元をのぞき込んだ安積が、息をひそめてそういった。あまりの細工の見事さが、安積をしてさえそうさせるのである。

「わかるか。これが英琳の凄みだ」

「こんなものを作り上げる人の手って、どうなっているんだろうね。なにか仕掛けでもあるんじゃないのかなあ」

「仕掛けは良かったな。まさしく魔術的な手……としかいいようがない」

そういいながらも、わたしはまたしても例の奇妙な感覚にとらわれていた。

――どこかがちがう、なにかがちがう。

この根付けが英琳以外の何ものでもないことは、確かなのだ。では、わたしの感性はなにが違うと囁くのか。その声の根源にあるものを探そうとするのだが、水の流れに浮かぶ透明な糸のように、摑まえたつもりがするりと指の間をすり抜けてしまう。歯がゆさ、もどかしさに似た感覚を、解決へと導いてくれたのは、

「ところでねえ、越名さん」

「バイト料の前借りはきかんぞ」

「ケチ！」

こうした会話を性懲りもなく繰り返す、安積だった。

（三）

「どうだね、越名君。例の英琳は、いかほどの値が付けられたかね」

「そうですね。たぶん市場では二百を下ることはないでしょう。そこから逆算すると、百五十ほどでなら買い取れる、かと」

「ふん。まだまだ、だねえ。では今日にでもわたしが引き取りにゆくとしようか」

「それでは申し訳がありません。良いものを見せていただき、せっかく目の保養をさせていただいたのですから、わたしがご自宅にお持ちしますよ」

「そうしてもらえるとありがたいね。だったら七時にお願いできるかな。夕方に一人、来客があるものだから」

「わかりました、では七時に池尻のご自宅に」

「手ぶらで来させては申し訳がないな。そういえば店に津軽塗の《とんこつ》の良いものがあっただろう」

「煙管《キセル》と対になった品物ですね。明治期の」

「ああ、あれもついでに持ってきてくれないか」

「ありがとうございます」

《とんこつ》とは、喫煙具のことである。豚骨を加工して作ったものに由来するともいわれているが、はっきりしたことはわからない。

高沢老人と、電話でのやりとりを終えたのが午前十時過ぎのことだった。今から店を出れば、烏山《からすやま》で行なわれている市に午後から参加することができる。それを終えていったん店に戻っても、約束の時間までには十分なゆとりがある。そんなことを計算しながら、わたしは先ほどの高沢氏の「まだまだ」という一言にこだわっていた。

なにが、まだまだなのか。わたしが根付け細工に詳しくないことは、彼も承知の上の儀式ではないか。それに、わたしが付けた百五十の値は、さほど相場値段からかけ離れていると は思えなかった。

午後からの店番は安積に任せることにして、いったん店を閉めた。今日は土曜日だから、午後一時過ぎにはやってくるだろう。鍵の置き場所は知っているし、最近は店の品物をおかしな値で売ることもなくなったから、さしたる心配はない。

そのはずだった。

烏山の競り市でも、わたしの脳裏から「まだまだ」という一言が容易に離れてはくれず、思わぬ失敗を繰り返してしまった。必ず落としてみせると決めていたウェルチ社の掛け時計は、さんざん争った挙げ句に隣の業者に競り落とされてしまうし、逆にかなりの高値で落としたスタイネールの自動人形は、どうしようもない屑物だった。

「ずいぶんと荒れているじゃないか」

と、声を掛けてきたのは先ほど掛け時計を競り落とした同業者だった。

「どうも、ね。調子が今ひとつ出ない」

「そんなこともあるさ。それが市ってもんだ」

「そういえば、あんた。根付けに詳しいといっていなかったか」

「ま、手広くやらしてもらっている中の、商品の一つとしてはね」

「英琳については？」

その名を聞いた途端に同業者の顔色が変わった。

「また新物が出たのか」

「それも、極上品。これまで見た英琳の中でも最高のブツが出たよ」

「どこの市で出た」

「いや、個人蒐集家の手にすでに落ちている」

同業者の口から「畜生め、またあいつだな」という、一言が漏れた。あからさまな嫉妬と憎悪が、目の色にも口調にも滲んでいる。

「あいつというと？」

「どうやら英琳のすべては、一ヵ所にあるらしい。そこと繋がっているのが風見とかいう旗《はた》師《し》だ。なにか理由があって、持ち主が英琳を売り捌きたいというと、奴が出向いて根付けを取ってくる」

そして、その殆どが高沢の元に渡っている事実を、この男は知っているだろうか。結局英琳という天才工芸家の作品は、その幻の持ち主から高沢へと、所蔵の場所を変えているだけなのである。

「最高のブツだといったな、雅蘭堂」

「弁財天の裏側に男根が彫り込んである。しかも細工はすこぶる付きの緻密さだ」

同業者が、むうと唸《うな》った。それほどの出来なら三百の値が付くかもしれないという一言で、ようやくわたしは高沢の真意を知った。知った気になった。

「その根付け、どこで見た」

「それを聞かないのが、わたしたちの定法だろう」

「さっきの掛け時計な、落とし値で譲ってもいいんだが」

確かに涎のでそうな条件だが、やはりわたしはプライドを捨てることができなかった。高沢の名前を出すことなく、競り市の会場をあとにした。

「浮き身に徹しろ」といったのは、たしかポール・ヴァレリーであったと記憶しているが、世の中浮き身にばかり徹していると、ろくな事はない。時に抵抗することがないと、人は果てしなく遠くへ押し流されて行くことになる。また「考えることは蝕まれることだ」といったのは、アルベール・カミュであったはずだ。冗談じゃない。身過ぎ世過ぎとはすなわち頭を使い、考えることだ。まったく偉い連中というのは、こんなくだらないことを考えているから信用ができない。

にもかかわらず。わたしがポール・ヴァレリーを賞賛し、アルベール・カミュの信奉者になりたいと真摯《しんし》に考えたのは、雅蘭堂の店内に入ったわたしの目に、安積の引きつった笑顔が映った瞬間のことだった。笑顔というよりは泣き顔に近い。

「こっ、越名さ～ん」

気力のまるで感じられない安積の声を聞いて、泣き出したい気分になったのはわたしの方だった。状況はまるでわからない。けれどこの小さな骨董の店に、今しも絶望的な災厄が訪れようとしていることだけは、動かしがたい事実である。そのことを安積の表情と声とが告げている。

「なにがあったのかな……あっ、安積君」

「あのね、友達が遊びに来たの。それで、あたしってば、つい悪戯にね」

「はい、悪戯に？　それでどうした」

「あの、あの……例の象牙の人形をね、見せて驚かしてやれって」

「驚かしてやろうと思ったのか、それで！」

「驚いたの。すっごく」「そうかすっごく驚いたか」「うん驚いた」「驚くのも当然だ」「驚いたその子、『ひゃあ～！』って」「ひゃ～、か。それで」「驚いたその子の手から、人形はぴゅ～んって」「ぴゅーんかあ、そうか、ぴゅ～んかあ」

残りの台詞を聞くのが、これほど恐ろしいと思ったことはなかった。災厄を含むすべての浮き世の出来事に身を任せ、なにも考えることなく、この場から消えてしまいたいと心から思った。

だが、そうもいかないのがこの世界の掟である。

「見せてご覧なさい」

どうして根付けを金庫にしまっていかなかったのか。どうして帳場の机の引き出しになどしまっていったのか。安積の差しだした根付けを見るなり、わたしは自分の迂闊《うかつ》さを呪い、憎悪した。弁財天の持つ琵琶の鶴首から海老尾にかけての見事な完全立体造型細工、すなわちこの根付けの命ともいえる部分がぽっきりと折れている。

「これって、修理がきくんだよね。きかないの？　嘘、きくよね、絶対に」

答える代わりに思わず安積の首を絞めそうになった。

我々の世界で、預かった品物を破損したり、紛失した場合の損金は相場で「三倍返し」と決まっている。しかも、である。先ほど英琳の最高作品であれば、三百で動かすことも可能であると、耳にしたばかりである。

預金残高と店にある商品の価値とを総合的に判断し、結論としてわたしは《絶望》をはじき出すことに成功した。

（四）

島津鳩作が、「根付けを一つお願いしたいのだが」という電話を受け取ったのは木曜日のことだった。図柄についてはこちらの要望を聞いてもらいたい。ついては当方までご足労願えないかといわれ、

「では、ご住所と、お名前を」

「高沢です。住所は世田谷区池尻の……」

たったこれだけのやりとりで、島津は脇の下にどっと冷たい汗をかいた。住所と名前から、英琳銘の根付けを蒐集している人物であることは、明らかである。

高沢は、土曜日を打ち合わせの日時に指定してきた。

「ご都合はいかがですかな」

「大丈夫です。土曜日の午後六時ですね」

「島津玉蓮の作を自分のコレクションに加えられるとは、まったく光栄です」

「特別な図柄なのですか」

「いや、基本的には我が家の家紋をあしらっていただきたいというだけのことですが、せっかくの玉蓮先生の御作となれば、もっと意匠を凝らしてみたいと願うのが、蒐集家の業というものではないですか」

その言葉に安心すると同時に、

――なにが、蒐集家の業だ。

怒りとも呪詛《じゅそ》ともつかぬ黒い感情が、静かにわき上がるのを感じた。


土曜日。島津は時間通りに高沢の住まいを訪問した。すぐに和室の客間に通され、程なくして高沢が現れた。根付けのコレクターというから神経質な老人をイメージしていたが、実物の高沢は大柄で、話し方こそ静かだが仕草の一つ一つに威風堂々としたものを感じさせた。ビールを勧められ、三十分ほど島津をはじめとする現代の根付け職人の話をした後、

「さて、本題に入りますか」

と、高沢がおもむろにいった。

「家紋をあしらった構図にされたいとか」

「大した家柄ではありませんが、家紋は《揚羽蝶》なのですよ」

「というと……たしか桓武平氏ですね」

根付けに家紋を、という依頼はさほど珍しいものではない。すべての家紋を記憶しているわけではないが、それでも著名なもののいくつかは、島津の頭の中に入っている。揚羽蝶の家紋は、出自こそ桓武平氏と伊勢平氏ということになっているが、一般の家柄でも多く使われている。

「おおかた、明治のご時世にでも勝手に使い始めたのでしょう」

「非常に優雅な形をしていますね」

「ただし複雑すぎて、他の根付け作家の方には嫌われてしまいました」

「というと、他の人にも依頼を？」

「といっても一度きりですが」

そういって高沢は、著名な根付け職人の名前を一人挙げた。すでに八十をいくつか超えているはずのその人物には、

――確かに揚羽蝶の家紋は、苦しいかもしれないな。

図柄自体は、高沢がいうほどには複雑なものではない。《近衛牡丹《このえぼたん》》や《徳大寺木瓜《もっこう》》、《竹丸に二羽雀》など、もっと複雑なものはいくつもある。揚羽蝶の難しいのは、羽の重なりをどうやって表現するか、二次元世界の文様をいかに三次元化するか、という一点にかかっている。

いつの間にか島津は、その工夫に思考を集中させ始めた。

「球体全体に、家紋をあしらってみますか。ちょうど揚羽蝶が羽全体で球を包んでいるような」

「なるほど、面白い構図ですな」

「あるいは籠目紋《かごめもん》のすかし彫りを周囲に入れて、籠の中の蝶を表してみるとか」

「そうなると、どうしても平板になってしまいませんか」

「そんなことはない。蝶を半肉彫りにして、全体に厚みを持たせるなら……」

そうした話をしているところに、和服姿の女性が入ってきた。「あの、お父様」といった

ことから、娘、もしくは息子の嫁であることがわかる。高沢の耳元で二、三、伝言すると、

「よし、わかった」と、高沢は立ち上がった。

「不調法いたします。どうやら来客のようです」

「では、わたしの方でいくつかの案を考え、改めてお持ちしましょう」

するると高沢は、わずかの間小首を傾げ、

「話はすぐに終わります。しばらくお待ちいただけませんか。それに……あなたに引き合わせてみたい人物なのですよ。きっとお仕事の役にも立つでしょう」

「と、いいますと？」

「主に古民具を扱う、骨董屋です」

高沢の唇から「下北沢の雅蘭堂」という言葉が漏れるなり、島津の緊張は顔色に出ることを防ぎようがないほどに膨れ上がった。

「いかがしましたか？」

「いや……その名前は聞いたことがあります。相当に良い眼を持っているとか」

「あくまでも、あの歳にしては、と注釈がつきますが、まあ先が楽しみな男ですよ」

そういって、高沢は客間を出ていった。

廊下を歩く足音が殆どしない間に、襖を開ける音がした。『やあ、越名君』という高沢の声が、明瞭に聞こえる。どうやらすぐ隣も客間になっているらしい。

『このたびはどうも』と、遠い昔に聞き覚えのある越名の声。

──そうか、例の英琳を越名に預けたのだな。それが真贋の鑑定が目的であるのか、あるいは単に自慢したいがためなのか、判断することはできない。

自然に島津の耳は、隣室の会話に集中していった。

『今度の英琳は、なかなかのものだったでしょう』

『はっ、はあ。実に素晴らしい出来……で、その、まあ』

越名の声が、奇妙に乱れている。英琳の出来が悪いとでもいいたいのだろうか。そんなことはない。あれほどの作は、自分でもこの先作ることができるかどうか。出来には絶対の自信があった。

『ずいぶんと歯切れの悪い物言いをするね』

わずかの沈黙の後に、『実は』と、越名がいった。

『なんだね、これは』

『高沢さまには、まずこれをお受け取り願えないかと』

『小切手じゃないか。しかもどうしたんだい、この金額は』

畳になにかを擦りつける音がした。続いて『申し訳ありません!』という、越名の声。

『仔細を説明してくれないか』

『わたしどもの不手際で、大切な根付けを破損してしまいました』

『なにっ!』

そういったまま、隣室の空気が凍り付いたのを、島津ははっきりと感じ取ることができた。えもいわれぬ快感が、背筋から下腹部へと走り抜ける。

——越名の奴め、そうか根付けを壊してしまったのか。

越名が高沢に渡した小切手は、その損金だ。

『預かり品の損壊は、三倍返しであることは十分に承知しております。しかし、今のところわたしどもの店でご用意できるのは、それで精一杯です。裏書きをいたしましたので、月曜日にはすぐに換金できるはずです。残りの二百万は店の品物をすべて処分した後ということで、ご勘弁願えませんでしょうか』

『なるほど、小切手で七百万。店の品物を処分して二百万ということは……あの根付けに三百万の値を付けたか』

それを聞いて、島津は心の裡で拍手喝采した。

あの糞生意気な若造が三百万の値を付けた。

——俺の腕を、本物と認めたのだ。

そのことを思えば、根付けが壊れてしまったことなどなにほどのこともない。英琳はまた作ればよいだけの話だ。

『どうかこれを受け取ってください』

『うむ』

島津は、それが勝利といって良いものかどうかわからないなりに、快感としかいいようのない感情に我が身を委ねた。聞けば高沢は、あとで自分を紹介するという。そのとき、どのような目で越名を見てやろうか、そのことに島津は酔いしれた。根付けという魔性の世界に引き込まれたがために、失ってしまった様々なもの。そんなものなど惜しくはないという気持ちと、後悔とがいつも島津を苛《さいな》んできた。それが一気に昇華する感覚に、島津は我知らずのうちに拳を固め、震わせていた。

次の、越名の一言を聞くまでは、である。

『そうでなければ、先のお話をすることができません』

『というと？』

『結論から申し上げます。江戸時代に英琳などという根付け職人は存在しておりません。英琳は現代根付け作家の誰かが、その名を使って製作していると思われます』

その言葉のあとの沈黙は、長く続いた。あるいは島津にとって長く感じられただけのことであるかもしれない。

『どうしてそう思うのかね』

『我々は根付けを見るときに、どうしてもその細工に目がいってしまいます。ほんの親指の先ほどの根付けに、どれほどの細かい細工が施されているか、そのことばかりに目がいって、大切なことを忘れがちなのですよ』

――大切なこと？

同じ言葉を、高沢も口にした。

『根付けという工芸品が、実に多くの制約の上に成り立っているということです。今更いうことでもありませんが、根付けとは、喫煙具や印籠といったものを、帯に提げるときに使う滑り止めです。そうなんです、根付けは工芸品であっても美術品ではない。あくまでも実用のための道具なのですよ』

『すると、どのような制約が生まれるのかな』

心なしか、高沢の声が笑っているように聞こえた。

『まず、帯の柄の邪魔をしないためには、大きさは最低限でなければなりません。そして紐を通すための穴、もしくはそれに類する機能を持っていなければなりません。そしてここが重要なのですが……帯の近くに常にあるということは、根付けは常に動いているということでもあるのです。軽い衝撃が常にあります。また帯の生地を傷めることも避けねばなりません。そのためには』

島津は、ようやく越名の言葉を理解しようとしていた。

——なるほどな。我流のツケがこんな所に回ってきたか。

『根付けの突起は、なるべく少なく作らねばならないのです。間違っても』

越名がなにかを取り出す気配がした。どうやら例の英琳らしい。

『細工は見事ですが、琵琶のこんな所を立体造型にしてはいけないのです。それこそ僅かな衝撃で折れかねないし、着物の生地に引っかかるかもしれない。つまり、これは日頃着物を着ることのない人物が、拵えた物であるということです』

沸騰した湯の中に、盃一杯の水を注いだような、奇妙な静寂が島津の中に訪れた。やがてそれは、意味のない嗤いへと姿を変えた。敗北感はあるが、少なくともそれは絶望ではないような気がした。ややあって、

『それをいうために、わざわざ小切手を？』

高沢の静かな声が聞こえた。

『大切な預かりものを破損したのは事実です。それに……下手な言い訳と思われるのも厭でしたから』

『これはしまっておきたまえ』と高沢はいい、続けて、

「島津玉蓮君、聞いているのだろう。こちらに来てくれないか」

島津に声を掛けた。

客間を出て、隣室に入るとそこに、昔と寸分の変わりもない姿形の越名がいた。軽く会釈をすると、越名が「あなたは」と、驚きの声をあげた。

「久しぶりだね。今は指物職人をやめて根付け細工師なんだ」

「そうですか……あなたが玉蓮だったのですか。噂を小耳に挟んだことはありますが」

二人のやりとりを意外そうに聞いていた高沢が、

「なんだ、顔見知りだったのか」

「ええ、ずいぶん昔の話ですが」

答えたのは、越名だった。

「そうか知り合いだったたか。だったらなおさらちょうどいい。紹介しておこう、こちらは島津玉蓮君。当代きっての根付け作家だ」

そして、高沢は驚くべき言葉を口にした。

「彼こそが、英琳でもある」

「どうしてそのことを！」

島津は頬がかっと紅潮するのを覚えた。

「ずっと以前から気づいていたよ、英琳が現代作家であることは。まさしく越名君が説明してくれたと同じ理由でね」

「では、どうして」

どうして、現代作家の作品と知りつつ、高値で英琳を引き取り続けたのか。

「この作家には、初めて見た瞬間から二面性を感じていたよ。光と影、動と静、そういったものとは別に感情的な二面性とでもいうのかな」

「感情的な二面性？」

「なあ、玉蓮君。君はもしかしたら英琳を憎んでおるのではないかね。あるいは根付け作家である自分、もっというならば、根付けそのものを激しく愛しながら、それ以上に憎んでおるのではないかね」

島津はなにもいえなくなった。

「だから風見とかいうバイヤーの周辺をそれとなく調べさせたのだよ。すぐに島津玉蓮の名前が浮かび上がった」

「だったらどうして彼を告発しなかったのですか」

質問したのは、越名である。

「惜しかった。贋作者の汚名を着せるには、あまりに惜しい腕だと思った。それに……一人のマニアとして、英琳の究極の仕事を見たかったのも事実だ。そのときが来たら、知っていることすべてを話して、英琳を闇に葬るつもりだったのだよ」

「なるほど、そしてついに高沢さんは英琳の究極を見ることができた」

「その通りだ、越名君。だが、まさか……それが壊れてしまうとは思わなかったが、ナ」

「それをいわれると、言い訳のしようがありません」

二人のやりとりを聞きながら、ふと、

——そうか、俺はこのときが来るのを待っていたのだな。

島津は漠然と納得した。すとんと感情の塊が胸の奥深いところに落ちて、急に楽になった気がした。

「時に高沢さん。いつもいつも英琳をわたしの所に持ち込んだのは、なぜですか」

「眼を……な。鍛えてやろうかと思っていたんだ。君がいつ英琳の秘密に気がつくか」

「試していたんですか」

「隠居した老人の、密やかな楽しみであった。気にするな」

「かなわないなあ」

島津は「あの」と、高沢に声を掛けた。

たぶん自分は今、とてつもなくさっぱりとした顔をしていることだろう。だったらこの言葉を口にするのは今しかない。

「もう一度同じものを作らせてもらえませんか」

「というと、この弁財天を？」

「ええ。その代わり英琳ではなく、玉蓮の銘で」

下手をすれば、根付け作家としてのすべてをそのことで失うかもしれない。それでも島津は構わないと思った。

「だったら、最初の英琳以外、すべての作品の銘を削って玉蓮に変えたまえ。大丈夫だ、作品はすべてわたしの所にある。そして玉蓮は、幻の、ただ一点のみ存在する英琳を心の師としてあがめ、その作風に近づくべく日々鍛錬したことにすればよい」

「それって高沢さん、自分のコレクションに傷を付けたくないだけじゃありませんか」

「ま、それもあるかな」

それを聞いて、島津も誘われるように笑った。

風見とかいうバイヤーについては、自分が責任を持って釘を刺しておくと、越名がいったとき、島津の口からごく自然にこの言葉が漏れた。

「ありがとう、越名君」

人形転生

（一）

競り市。

そこは我々古物商の需要と供給を同時に満たす場所であり、また我々が古物商であることを忘れて、一個のコレクターの心を取り戻す場所でもある。競りに掛ける。値を付ける。競り落とす。際限なく繰り返される作業は理性的であると同時に感情的であるし、合理性の中に不合理の真骨頂を垣間見ることもある。しばしば囁《ささや》かれる言葉、「市には魔が潜む」とは警句などではない。一＋一が常に二であるように、市という場に存在する必然の法則、あるいは定理といって良いかもしれない。

「どうした、雅蘭堂。ずいぶんと難しい顔をしているじゃないか。あの若造に競り落とされたビスク・ドールにそれほど未練があるのか」

ここは狐と狸が大真面目な顔をして化かし合いを仕掛ける場所、そして溺《おぼ》れる犬を棒で打擲《ちようちやく》することに、一片の呵責《かしやく》も覚えることのない人でなしが集まる場所でもある。

背中から声を掛けてきた同業者――この場所に他の人種は存在しないが――の月村《つきむら》に、思いっきり無愛想な表情で「まあね」と返事をして、わたしはまた競り台の方へ視線を戻した。

台に乗せられているのは一九二〇年代に国内で生産されたブリキの玩具である。当時の街並みを正確にプリントした市街地を、市電が走る仕組みになっている。ゼンマイではなく手動だが、三〇センチに満たない円筒形の舞台を市街地に見立てた技術の確かさは、マニアでなくとも手元に置いておきたくなる逸品であるといって良い。

ただし、売り手の言い値である《発句》がかなり高めに設定されているうえに、この品を競り落とそうと虎視眈々と目を光らせるハイエナの数もかなりいる。そうなると競り値がたちまち跳ね上がることは、目に見えていた。事実、すでに競り値はわたしの予想落札額を遥かに上回っている。手持ちの資金で無理にでも競り落とすことは可能だが、そうすると他の仕入れに支障をきたすことになる。第一、過ぎたる高値で競り落としても、ものには適正な価格というものが存在している。下手をすると儲けどころか、今日の交通費さえも出ない結果となることもある。

競り市に参加しているのは、皆その道のプロであるから、そうしたことが理解できないはずがない。だが、理性の枠を外れていることを皆が知りつつ、現実には競りはいまだに続き、値はさらに上がっている。これが市という化け物の恐ろしいところでもある。

「いくらで落ちるかな」

月村が囁くようにいった。

「どうやら客師が何人か、いるようだ」

「やっぱり、な。ちぇっ、あいつらは気楽でいいさ。どうせ後ろにゃ、馬鹿なコレクターが控えているのだろう。売り抜けることを考えなくて済む分、無責任に競り値を吊り上げることができるからナ」

客師はあらかじめ配布された市の目録を使って客から注文を取り、それを競り落とすことを目的とした古物商のことだ。指定された限度額内で競り落として、差額を報酬とする業者もいれば、上限なしの青天井で競り落とし、落とし値の何パーセントかを報酬として受け取る業者もいる。怖いのは後者である。

そして先ほどの競りでわたしと競り合い、鼻先からおいしい獲物をぶんどっていったのも、同じ人種であった。逃した獲物——百年ほど前に作られたビスク・ドールのことが再び思い出されて、私は我知らずのうちに小さく舌を打っていた。

ビスク・ドールとは、フランス語の「ビス（二度）」と、「キュ（焼く）」が語源になっているとされる。その名の示すとおり、いったんは素焼きにされたパーツに上薬をかけ、もう一度焼くことで極めて人間の肌色に近い風合いを出した人形のことだ。蜜蠟《みつろう》を原料としたワックス・ドールが、より人間に近づく製法としての作陶技術を受け入れ、ビスク・ドールが完成されたのは十九世紀中頃であるとされている。

その、創成期の人形作家の中でもひときわ評価が高く、今も多くのコレクターが目の色を変えるとされているのが、《ピエール・ジュモー》と《エミール・ジュモー》の親子の作品である。ことに父の技術と美的センスを受け継いだエミールは、「悲しみの人形」とも「ロングフェイス・ジュモー」とも呼ばれる《ジュモー・トリステ》や、愛娘をモデルにしたとされる《ポートレート・ジュモー》といった名品を次々と生み出した、天才であった。工房から生み出されたドール達であるから、世界に一品しかない美術品とは、自ずと価値が異なる。が、それでも市場に出回れば相当な値が付けられる。保存の状態さえ良ければ、百（万円）単位の値も珍しくはない。

ポートレート・ジュモーが、競りに掛けられる。ただし衣装に僅かな傷あり。

目録でそのことを知ったわたしは、即座に市への参加を申し込んだ。市の会主の性格を考えると、「衣装の僅かな傷」は、「かなりの損傷」と見て良い。そうでなければ「極上品」とうたいかねない、そうした評判が常に付きまとう業者だったし、競りが始まる前の下見で、わたしは自分の仮説が実証されたことを確認することができた。

ドールが着ている衣服の一部が、ひどく焼けこげていたのである。ビスク・ドールを含めたアンティーク・ドールには、ファッションの使者としての役割がある。それ故にこそ作者は衣服製作に細心の注意とセンスとを傾けている。衣服の瑕疵は、ドールの価値そのものに大きなマイナス要素を加えてしまう。

にもかかわらず、

——発句で七十、もしくは八十か。それなら落としどころは百四十ないし、百五十といったところだろう。

下見の段階で、というよりは一目見た途端に、わたしはドールを競り落とすことを決めてしまったのである。これは殆《ほとん》ど恋情といって良いかもしれない。物言わぬドールが、わたしに確かに囁きかけたのだ。

「わたしの所有者はあなたに決めた」

と。市では決して珍しいことではない。多くの業者が、同様の経験を持っている。「自分の意思で競りの品物を選んだのではない。品物から選ばれたのだ」と、述懐する言葉を同業者から何度も聞いたことがある。無論、オカルティズムを簡単に受け入れるほど、わたしは楽天家ではない。そこには、古物を扱うプロ特有の勘のようなものが働いているのだろう。あとでじっくりと観察すれば、ここまで自分を惹きつけた要素を解明することは可能だろう。そうしたことを瞬時にかぎ分ける《眼》こそが、我々の生命線でもあるのだから。

強いていうならこれまでに二度ばかり扱ったことのあるジュモーとは明らかに違う、特別な空気をこのドールはまとっていた。碧眼《へきがん》金髪の少女であることは間違いない。けれどあの夢見るような表情のポートレート・ジュモーとは、どこかで一線を画すなにかを持っているのだった。

少女特有のふくよかな顎に、三ツ星のようなほくろが見えた。

——どういうことだ。

ドールの個性とは、群衆的な個性の上に成り立っている。たとえ誰かをモデルにしていたとしても、それは大量に生産されるドールの一つの顔立ち、表情であるに過ぎず、特定の人物であったり、生命を持っていてはいけないのである。

にもかかわらず、このドールは個人を特定するためのアイテムを備えている。そのことが、ひどくわたしの興味をかき立てた。

さりげなく周囲を見回し、この人形を競り合うことになる同業者の人数を探った。いくら平静を装ってみても、その目つきまではごまかせない。

「こいつは、ひどい。これじゃあ半端物と同じだな」と、これ見よがしにいった中年男は、新宿に店を構える同業者だ。

――まず、一人。

下見の段階で、ライバルを一人でも減らしておこうという魂胆が露骨に窺える。これもまた、市におけるテクニックの一つである。

「焼けこげたドレスの修復を考えると、二の足を踏むわ」

小太りの若い女は、川崎市でアンティークショップを営んでいるはずだ。

――よくいうよ。これで二人。

その時だ。わたしはドールに注がれる一つの視線に注目した。実年齢を読むことができない、奇妙な雰囲気の男が、そこにいた。ダークブラウンのスーツを一分の隙もなく着込んだ姿は、とてもではないが市の参加者には見えない。じっとドールを見つめるその目は、感情を全く有しておらず、それがかえってわたしの気を引いたのである。

「どうだい、なかなかのブツだろう」

背後から得意げな声を掛けてきたのは、市の会主・木元《きもと》だった。

「ちょっと毛色が変わっているな。本物なのか」

「それを見分けるのが、あんた方の眼だろう」

「出元は？」

「わけありなんだ」

つまりはいえないということだ。が、こうしたことは決して珍しくない。持ち主が抱えた事情には、敢えて触れない。それが我々の世界の暗黙のルールでもある。

会主とのやりとりの間に、例の男の姿は消えていた。男の氏素性を会主に尋ねてみようとしたが、市の開始を報せるベルが鳴ったので、それは果たせなかった。

競りの発句は、わたしの予想したとおり、七十万円から始まった。そこから数千円単位で値が吊り上がってゆく。こうした小さな値動きは、あまり値を吊り上げたくない業者の気持ちを明確に代弁している。ドールの衣装の焼けこげが、ブレーキになっているのだ。

――案外、百前後で、落とせるかもしれないな。

現在の値は八十一万円。ここで一気に八十五ないし九十の値を付ければ、競り合いに一瞬の躊躇《ためら》いが生まれる。そこを競り人がうまく捉えてくれると、勝負がついたことになる。だが、逆の場合もある。競りに加速度がついてしまうこともあるのだ。このタイミングの計り方が、コツといって良い。

わたしは一気に勝負に出た。八十五万の値を付け、そこに追随する声があれば即座に九十万まで値を上げる作戦に出たのである。

だが。わたしの思惑は見事に外れた。

「三百万円でお願いします」

競りに参加する業者が好んで使う符丁も、そこに込められた気合いさえもない、ひどく平板な標準語が会場に響くと、一瞬の《間》が生まれた。《魔》と言い換えても良いほどの、なんとも居心地の悪い空気が会場内に膨れ上がった。

「三百！　他にありませんか。三百……ありませんね。落札決定いたします」

競り人の声が掛かるまでに、さらに数秒の間が空いた。その時になって、我々はようやく声の主を確認すべく、あたりを見回した。

——あの男か……！

例の男が腕を組み、先ほどと変わらぬ感情のない眼で競り台を見つめている。

「おい、あの男のこと、知っているかね」

わたしは、横にいた同業者にそっと尋ねてみた。

「最近売り出し中の客師だとよ」

「客師？　とてもそんな風には見えないが」

「なかなかの遣り手だそうだ」

「それにしちゃあ、落とし値が乱暴だな。あのジュモーに三百もかけちゃ、依頼主も納得しないだろうに」

「相当の上客を摑まえているらしい。それもとびっきりの金蔵つきの」

「奴の名前は？」

美輪真藏《みわしんぞう》。

なぜかその名前が、わたしの中で奇妙な存在感を持つのを感じた。

（二）

忘却力とは、時に弱者にとっての強い味方となってくれる。競り落とし損ねたドールへの未練を、わたしはこの能力で断ち切ることに成功した。少なくともそう思っていた。が、人がせっかく滅却した——と、信じている——煩悩の燠火《おきび》を、無神経にも再びかきたててくれたのは、押しかけアルバイターの安積だった。

「越名さん、見て見て、見て見て見て」

例の市から一月ほど過ぎた、ある土曜日のことだった。いったいなにが楽しいのか、学校が終わる早々、店にやってきた安積の手には、新聞が握られていた。

「珍しい……お前が新聞を読むなんて。なにか面白いテレビ番組でもあるのか」

「それってさあ、安積がテレビ欄しか見てないって、いいたいわけ」

「違うのか」

「ひっど〜い！　安積だってねえ、ちゃんと新聞ぐらい読んでいるんだから」

「じゃあ、いってみろ。現在の日本国の総理大臣は誰だ」

「…………ぐッ……」

数分の後、安積が口にしたのは、戦後間もなく長期政権を築き上げた人物の名前だった。

「そんなこと、どうでもいいんだって。それよりもこれを見てってば」

狭い雅蘭堂の店内に、所狭しと積み上げられている商品など、はなっから気にしていない手つきで、安積が新聞を広げた。それをわたしに突きつける。

『幻の逸品ジュモー人形、発見される』

かなり大きな見出しとともに、カラーの写真が掲載されている。改めて確認するまでもない、美輪真蔵が競り落としたポートレート・ジュモーが、わたしをせせら笑うようにこちらを向いていた。

「どういうことだ」

「すごいねえ。もしかしたら一千万円以上の値段が付くかもしれないって。それに比べたらうちの商品のしょぼいこと。ああ、あたしももっとお金のあるお店でアルバイトしたかったなあ」

そういう台詞は、きちんと労働の義務を果たしてからいいなさい。それからこれまでに壊した商品の代金を弁済してからいいなさい。能天気な安積の暴言に対するいつもの台詞を、その時のわたしはすべて忘れてしまっていた。たぶん、口も半開きになっていたことだろう。

『人形は、一八八〇年前後にヨーロッパを外遊中の官僚のひとりが、当時人気を博していたエミール・ジュモーの工房に、愛娘・ミツコの写真を元に人形製作を依頼、完成したものであるという。人形の顔立ちが明らかに日本人と異なるのは、彼が現地の女性と結婚、二人の間に生まれたミツコが、相手女性の血を濃く受け継ぐ顔立ちであったためであるという。人形は長く外交官僚の家に保管されていたが、昭和の初期に行方がわからなくなっていた。これを古美術の競り市で発見、競り落としたのは……』

ミツコと名づけられたドールの下に、小さく美輪真蔵の写真が添えられていた。

「どうしたの、越名さん。すんごい怖い顔をしているよ」

「………………」

「ははあ、ご自分の商才のなさを十分に反省した上で、これからはアルバイトにも少しいい思いをさせてやろうと」

「……うるさい」

「へっ!?」

「うるさいといったんだ。少し黙ってくれ」

「やだ……なにをマジになってるのよ。仕方ないじゃん。どうせこの店に何千万円ものお金なんてありっこないに決まってるんだから」

わたしはレジスターから千円札を一枚取り出し、安積に握らせた。

「これで喫茶店にでも行ってくれないか。今日のアルバイトは中止だ。店も今日はこれで閉める」

「ちょっと、なによ。どうしたの、変だよ、越名さん」

訝しがる安積を無理矢理店の外に追い出し、わたしはシャッターを降ろした。そして片っ端から同業者に電話をかけてみた。

美輪真蔵という客師のことを知らないか。どこの出身だ。経歴は。いつからこの世界に足を踏み入れた。そうしたことを聞いたが、情報はひどく曖昧なものばかりで、聞けば聞くほど美輪真蔵という男の実像から遠ざかって行くような気がした。

市で競り負けることなど、珍しい出来事ではない。ましてや、安値で仕入れた品物がとんでもない逸品であることも、ままある。逆もまた然り、だ。要するに価値の乱高下はこの世界では日常茶飯事。それがあるからこそ、昨今のお宝ブームもいまだに続いている。美輪真蔵という客師が、三百万で競り落としたドールが実は奇跡のような珍品で、そこに数千万円の値が付いたところで、同業者としての嫉妬は感じるが、それ以上の感情を持つことはない。

だが、わたしはあの男にこだわった。

美輪真蔵が、せいぜい百五十万の値で取り引きされるべきジュモーのドールに、敢えて三百万の値を付け、強引に落札したことにこだわった。そして、当然のように専門の鑑定にかけ、あれがジュモーのドールの中でも幻といってよいほどの品物であることを証明して見せたことにこだわった。

——つまり、奴はあれがミツコであることを知っていた。

そのようなドールがあることを、わたしは一度として耳にしたことがない。自分の情報網が完璧であるなどとは思わないが、それほどの価値のあるものなら情報の片鱗《へんりん》くらいは耳にしても良いはずだ。

では、美輪真蔵はどこから情報を入手したのか。しかもあのドールは出所をはっきりさせることのできない筋のものであるという。

どこが怪しい、誰がなにを企んでいるという、確たるものはなにひとつないにもかかわらず、わたしはどうしても例のジュモー・ドールと美輪真蔵のことが気になって仕方がなかった。どうしてそこまで深入りをしてしまうのか、自分でも説明することができない。あるいは、一目見たときからあのドールの魅力、魔力といったものに魅入られてしまったのかもしれない。

「雅蘭堂さん、例の客師の件だけれどね」

一本の電話が掛かってきたのは、一週間ほど経ってからのことだった。

「なにか、わかったのかな」

「ああ。でもこの一件に関しちゃあ、あまり深入りしない方がいいと思うな」

電話の主は、「深入りしない方がいい」という言葉がそのまま本人に当てはまりそうな、つまりは相当にダーティーな仕事ばかりを手がける、神谷《かみや》という旗師《はたし》からだった。旗師とは、店舗を持たずに市から市、店から店を渡り歩いて商品を流すバイヤーのような存在である。

「かなり、ヤバイ筋なんだな」

「うん。雅蘭堂さんは知っているかな、宇崎法眼《うざきほうがん》という名前」

この世界に身を置いたものなら、大抵の人間が知るその名前を、旗師は躊躇いがちに口にした。宇崎法眼。新宿に本店を持つ宝石店店主だが、彼の名を骨董の世界に知らしめているのは、世界にも十分通用するとまでいわれるドール・コレクションゆえ、である。ジュモーばかりでなく、ゴーチェ、シュミット、スタイネールといったアンティーク・ドールの超一流品が、彼の伊豆の別荘にコレクションされていることはあまりに有名で、何度か雑誌でも紹介されたことがあるはずだ。

とうに九十歳を超えているともいわれるが、詳しい経歴については殆ど知られていない。

「あの男が絡んでいるのか」

「というよりは、二人はつるんで仕事をしていると、小耳に挟んだんだが」

「特別な関係でもあるのだろうか」

「そこまでは……な。なにせ宇崎自身、謎が多い男だからなあ」

美輪真蔵の後ろに、宇崎がいることを知って、わたしは半ば納得した。あの男ならば、コレクションのためなら相場を無視した値段を付けかねないからだ。その貪欲さは密かに「ウワバミ」と、囁かれるほどだ。欲しいとなったら是が非でも手に入れなければ気が済まない。たとえば人には金銭に置き換えることのできない価値観があり、たとえ万金を積まれても、手放したくはない品物があるということが、宇崎には理解できないし、また許せない。

ましてやドールは、人を模倣したフォルムを持つために、そこには独特の思い入れが絡むことが多い。宇崎のドール・コレクションの中には、かつての所有者が、「絶対に売らない」と主張したものも少なくないと聞く。

そんなとき、宇崎はどうするか。あらゆる手段を講じて、ドール獲得に臨むのである。所有者のすべてを調べ上げ、一点の隙と食い入る余地があれば、そこを徹底的に攻撃する。たかがドールのためにと人が半ばあきれ、そしてやがて背中に寒気を覚えるほどの執念と資金力とで、宇崎のコレクションは成長してきた。

「いつだったかな。あいつが雑誌かなにかでしゃべくってやがった。ちゃらちゃらした趣味の悪い服を着てサ。『コレクターは、コレクションのためには人を殺しても構わない、と思えるほどの情熱を持ったときに初めて、真のコレクターになる』とか、なんとかよ。全く狂ってやがるぜ」

わたしは受話器に向かって頷いていた。

だが、そこに矛盾の気持ちがないわけではない。確かに宇崎の言葉は極端だが、そこに到達できない(?)半素人のコレクターは世間にいくらでもいるし、そしてまたそうした無数のコレクターや趣味人といった連中によって、我々は生かされている一面がある。

「あのての男には近づかない方がいい。こりゃあ友人としての忠告だ」

神谷の言葉に、思わず苦笑した。

——なにをいっているんだ。

こうした手合いが「忠告」などというときは、必ず別の意図が言葉の裏側に隠されている。

おおかた、すでに宇崎に取り入るつてでも摑んだのではないか。そうなると、甘い蜜を吸う人間は少なければ少ないほど、良い。要するに、これから先は俺の邪魔をするなということなのだろう。

「ああ、忠告は素直に受け取っておくよ」

「こいつは、貸しだからな」

「ちょうど店に、あんた好みの品物があるんだが」

「なんだ？」

「上物のアンティーク・ランプ。ティファニーのもので、ランプシェードはステンド・グラス仕様だが、十万でどうだろうか」

受話器の向こうで、こくりと喉が鳴る音がした。無理はない。このクラスのランプであれば、わたしの言い値の三倍、四倍で取り引きされても不思議のない品物である。にもかかわらず、

「九万でなんとかならんか」

こうした貪欲さが、「遣り手」と呼ばれ、賞賛される世界なのである。

「九万五千。これ以下だと元値どころか、大きな欠損になってしまう」

「わかった。一週間以内に取りにゆくから、絶対に他に流すなよ」

受話器を置いて、わたしは大きな溜息を吐いた。個人用の電話の置いてある奥の間から、「宇崎法眼か」と、半ば無意識のうちに呟きながら、店に出ようとした。

そこに安積が立っていた。いつものお気楽な表情が消え、なにかを訴えつつも怒りを滲ませた目で、

「越名さん、ちょっと」

声のトーンまで変えて安積がいった。

「どうした、今日はアルバイトの日じゃないだろう」

「あのさ……こないだから一言いいたかったんだけど」

「アルバイト料の値上げか、そいつは」

「茶化さないで！」

「なにを本気になっているんだ。いつもの安積らしくもない」

「らしくないのは越名さんの方だよ。最近、越名さん、自分の顔を鏡で見たことある？」

「失礼な奴だな、こう見えても朝のグルーミングには時間をかけているつもりだ」

「茶化さないでって、いってるじゃない」

いつの間にか、安積の目尻に液体が溜まっているのを見て、わたしは狼狽した。

「絶対に越名さん、変だよ。いまだって、こーんな」

安積が目を見開き、両の指で目尻を吊り上げて、「怖い目をしているんだから」と、とうとう本気で泣き声をあげ始めた。

「そんなの、絶対に越名さんじゃないんだから。そりゃあ、いつだって厄介事に巻き込まれるし、店は暇だし、バイト料だって時々遅れるし、でも、安積はそんなこと気にしたことは

一度もないのに……今度に限ってはなんだか、怖いんだよ。本当に本気《マジ》で怖いんだよ。もうやめようよ、ねえ越名さんってば」

わたしは、なにもいえなかった。どうしてここまで、のめり込んでしまっているのか、自分でもよくわからない。浅学なオカルティストの仲間入りをした覚えは、どう記憶を手繰ってもないのに、である。「わかった」と一言いえば済むことなのだ。けれどそれがどうしても言葉にできなかった。

その瞬間、一個の巫女《みこ》と化した安積の予言は、三日後に的中した。

宇崎法眼の伊豆の別荘が夜半の火事で全焼し、焼け跡から法眼と、旗師の神谷と見られる男の焼死体が発見されたのである。

（三）

「お電話を差し上げました、静岡県警の伊丹《いたみ》ですが」

腰の低そうな声の男が雅蘭堂を訪ねてきたのは、宇崎の別荘が全焼したというニュースを聞いて十日後のことだった。

「お待ちしていました。雅蘭堂・店主の越名集治です」

「ははあ、雅蘭堂とはこのような字を書くのですねえ」

馬鹿にのんびりとした、伊丹という警察官の言葉が、わたしにはなぜか「のんびりしていられるのは、今のうちだけだ」と聞こえて仕方がなかった。

「ところで……越名さん。伊豆で起きた宇崎氏の別荘の火事については？」

「はい。新聞とテレビのニュースで」

「でしょうなあ。あれだけ連日ワイドショーやら、新聞が騒ぎ立てれば、当然のことですな」

宇崎法眼とどこの馬の骨ともしれない旗師が火事に巻き込まれ、焼死したこと自体は、不幸ではあるがさほど重要なニュースではない。問題なのは、出火現場から約三百体分のビスク・ドールのヘッド及びその他の部品、そしてドールが身につけていたと思われる夥《おびただ》しい量の衣服の焼け滓《かす》が見つかったことである。

「私どもにはとてもわからん世界なのですが、なんでも億の値が付くほど価値のある人形だったそうで」

「そうですね。少なく見積もっても二億、いや三億の価値があったでしょう。もちろん、すべてを合計しての話ですが」

「それにしても、また凄い金額じゃありませんか」

「それがマニアの世界なのですよ。ところで……一つ聞いていいですか。ニュースによると、全焼したのは母屋なのでしょう。確か氏のコレクションは別棟の収蔵庫に保管されていて、そこは無事であったと」

その言葉を待っていたかのように、伊丹が表情を変えた。口元に浮かんでいるのは明らかに笑顔なのに、どうしてもそう見えないのは、わたしの気のせいかも知れなかった。

疑問は、もう一つあった。確かに例の旗師とわたしは接触を持ったことがある。だからといって、警察がどうやってわたしと彼との接点を見いだすことができたのか。わたしの気持ちを見透かしたように、伊丹が笑顔のままいった。

「別荘の前に、旗師の神谷とかいう男の車が停めてありましてね。その中にあったバッグから、手帳が見つかったのですよ」

「というと？」

「そこに、あなたの名前と、それから宇崎法眼氏の名前が同じページに書かれていましてね。しかも二つの名前をこうやって」

伊丹が空中に、二つを繋げる矢印のようなものを書いた。

「なるほど、そういうことでしたか」

「実をいいますと、捜査本部でも意見が全く二つに分かれておるのですよ。司法解剖の結果、二人の胃の中からはかなり大量のアルコールが検出されておりましてね。失火原因はまだ特定されておらんのですが、これは事故だという説を唱えるものと」

「もしかしたら放火殺人ではないか、と」

伊丹が頷いた。特に隠し立てをする必要もなかったから、わたしは例の競り市の一件、そして美輪真蔵という客師のこと、彼の背後にいた宇崎法眼のことなどをかいつまんで話して

聞かせた。こうした調査は、珍しいことではないと付け加えると、

「そんなものですか。いやあ、不思議な世界ですな」

本気で感心したように、伊丹が頷いた。その様子があまりに無防備に見えたために、「あの」と、ついいわずもがなの一言を口から滑らせてしまった。そして、激しく後悔した。

ニュース番組を見ながら、実はわたしも同じ事を考えていたのである。この事件は果たして事故なのか、それとも事件なのか。考えた末に出た答えは、そのどちらも証明することができるという、極めて矛盾に満ちたものだったのである。

「なにか？」

「いいんです。なんでもないんです、ちょっと思いついたことがあっただけですから」

伊丹の唇が、笑顔を作ったまま、きゅっと引き締められた。まばたきが無くなり、その視線が中断されることなく、わたしの目の奥に注がれる。同時に心臓の鼓動が少し速くなった。ややあって、脇の下に汗。これが伊丹の特技らしい。

「だめですよ、越名さん。そんな言い方をしたら、私らは余計に興味を持ってしまうではありませんか」

「本当に些細なことなんです」

「それが一番重要なことなのですよ」

伊丹のまばたきを忘れた視線という武器の前に、わたしは敗北した。店の奥から、一体のアンティーク・ドールを取りだしてきて、

「これを見てください。氏の母屋で灰になったドールと同型のものです。もっとも……これはさほどの値段はしませんから安心してください」

ドールを手渡すと、それをおそるおそる抱いたまま、「これがなにか」と、伊丹はいった。ビスク・ドールの命ともいえるヘッドパーツが、焼き物であることなど、ごく基礎的なことを説明して、

「つまり、陶器である以上、どうしても壊れやすいという運命を持っているのです。もちろん、ある程度の強度を持たせてはいますが、それでもビスク・ドールのパーツが陶器であることには変わりがない」

「すると、どうなるのです」

「そのような特性を持つドール、しかも億の値打ちのつくドールを前に、コレクターである宇崎氏が酩酊状態でこれにのぞむことは絶対にありません。旗師の神谷もまた然り……です」

「つまり、越名さんはあれが殺人事件であると？」

そういわれて、わたしは言葉に詰まった。

あの場所に、一人もしくは複数の殺人犯が存在していたとする。そして、彼らの前には億の値打ちを持つビスク・ドールが並んでいる。宇崎のようなコレクターが、ドールと無関係の人間の前にコレクションを持ち出すとは考えづらい。となると、犯人もまた、ドール関係者ということになる。そのような人間が、むざむざ三百体ものお宝を灰にすることができる

だろうか。

そうしたことを説明すると、伊丹は首を横に振りつつ「お手上げですねえ」と呟いた。その思いはわたしも同じだった。この数日、同じ事を何度も考え、そして堂々巡りの迷路に迷い込むのが日々の日課となっていたのだ。

「そもそも、宇崎氏はどうして大量のコレクションを収蔵庫から持ち出したのでしょうか。まさか神谷を通じて、コレクションの売却を考えていたとは、とても思えないし」

「おや、どうしてそう思われるのですか？」

「宇崎という人物は『ウワバミ』と渾名されるほどのコレクターなのですよ。彼は自分が手に入れたドールを決して売りに出すような人物ではありません」

「でもですね……人にはいろいろと事情というものがあるでしょう」

伊丹の言葉には、微妙な含みが感じられた。

——宇崎にも、特殊な事情があったということか？

もちろんそれは、金銭的事情を意味している。

「これを、越名さんに話して良いものかどうか。けれど、あなたにはわたしたちの知らない世界に関する膨大な知識がおありのようだ。となると、その助けを借りるためにも予備の情報を知っておいてもらった方が」

などとしばらく独りごちたのち、伊丹がわたしの方へ向き直った。

「宇崎氏は、相当お金に困っていたようです。なんでも本業の取り引きで、大きな欠損ができてしまったそうで。宝飾業界もバブル崩壊後はぱっとしないようですね。それで、つい大きな取り引きに手を染めて」

「大きな損をしたと」

「そのようです。四億ほどですが、早急に銀行に返済しないと、会社そのものがまずいことになると。これは銀行側からの証言ですから、間違いはないでしょう」

「ですが、伊豆の別荘だってあるわけですし、確か杉並にはかなり大きな邸宅を持っていると、聞いていますが」

それを抵当に入れれば、四億程度の資金が作れないはずがない。そういうと、伊丹からは実に明快な回答が返ってきた。即ち、宇崎が所有するすべての不動産には、すでに何重もの抵当権がかけられていて、資産価値はほとんどなくなっているというのである。それはつまり、宇崎が命の次に大切にしているドール・コレクションを早急に処分せざるを得ない状況を指し示している。

そこでまた、新たな疑問がわき上がった。

「どうして、取り引きの相手が神谷でなければならなかったのでしょうか」

「といいますと?」

「宇崎氏には、美輪真蔵というパートナーがいます。彼を通じてドールを売り捌《さば》くのなら話は分かるのですが……。第一、事件の夜、彼はどこでなにをやっていたのだろう。もしかしたら現場にいたのではないでしょうか」

そういうと、伊丹がまた首を横に振った。

「本人は、伊豆にはいなかったと証言しています。アリバイが完全にあるわけではないのですがね」

「別荘には使用人がいるはずでしょう。日頃の管理のこともあるはずだし」

「それが、当日は暇を出されたそうなんです」

「宇崎氏本人からですか」

「ええ。理由を問うても『いいから明日まで戻ってくるな』の一点張りで」

「それもまた、おかしな話ですね。あまりに怪しい」

伊丹も頷くが、それから先の言葉は互いになかった。二人して迷い込んだ堂々巡りの迷路の出口が、どうしても見つからなかったのである。


翌日、わたしは区立の図書館に一日こもって、古い新聞資料に当たった。ミツコと名づけられたポートレート・ジュモーの、前の所有者のこと、昭和初期にミツコが行方不明になった経緯《いきさつ》を調べるためである。

区立図書館で調べきれなかったことは、専門の調査員を雇うことにした。決して安い金額ではなかったが、惜しいとは思わなかった。少しずつ固まり始めた、わたしの仮説を証明するため、というよりは、これできっぱりとあのビスク・ドールと縁を切るためなら、多少の出費を惜しむべきではない。

いや、安積の泣き顔をこれ以上見たくないとか、そういったことでは決してないのだと、自分に何度も言い聞かせながら、わたしは下北沢の店に帰っていった。

（四）

渋谷の大通りに面したシティーホテルへと向かったのは、調査結果を受け取った翌日のことだった。そこが、美輪真蔵の仮住まいであることは、静岡県警の伊丹が教えてくれた。なんでも一年の契約で、借りているらしい。豪華といえば豪華だが、全国を飛び回る客師には、そうした暮らしが似合っているのかもしれなかった。ほんのひととき、羽根を休める場所さえあればいいのだから、その意味ではホテル住まいは理想的といえる。

ロビーに美輪を呼びだし、「お忘れかもしれませんが」と頭を下げると、

「雅蘭堂の越名さんでしょう。よく覚えておりますよ」

美輪が、相変わらず無表情のままいった。

「少しお話があるのですが、お時間をいただけますか」

「あまり長い時間は困りますが……三十分ほどなら」

ロビーではなんだからと、表に誘うと、美輪は素直についてきた。

ビルとビルの谷間に、まるでそこだけ置き忘れられたような小さな公園がある。わたしと美輪は、そこに設置されたベンチに腰を下ろした。

「で、お話とは？」

「さて、なにから話をすればよいのか。わたしも少々戸惑っているのですよ」

「それはまた……困ったことですね」

手にしたバッグから、調査会社の報告書を取りだした。

「失礼かとは思いましたが、あなたの経歴を調べさせていただきました」

そういっても、美輪の表情は少しも変わらない。わたしの手の内にある報告書になにが書かれていても、自分には無関係だとでもいいたげな目で、

「それがどうかしましたか」

「驚きました。例のビスク・ドール、ミッコのかつての所有者の直系に当たるのですね、美輪さんは」

「ええ。ドールのモデルとなった少女・ミツコは、わたしの曾祖母《そうそぼ》に当たります」

「昭和七年当時、蔵前にあったあなたの家は、その年の六月に火災で焼けてしまう。ドールが紛失したのはその時ですね」

火事によって、外交官であったミツコの父親は死亡。それから先のミツコの生活が、一変したことはいうまでもない。母親は本国へと強制送還、ミツコは親戚をたらい回しにされたと、報告書にはある。

「もしかしたら、蔵前の家に火をかけたのは、宇崎法眼だったのではありませんか」

その言葉をゆっくりと吐き出すと、ふいに美輪の表情が変わった。嗤《わら》っているのである。

凄絶に顔を歪め、怒りとも悲しみともつかない表情で、しかし嗤っているのである。

「面白いことを……いってくれますね。どうしてそんな突拍子もないことを」

「あの宇崎ならば、やりかねないからです。コレクションのためならば、人を殺しても構わないと思えたときから、真のコレクターになれるのだとまでいいきった、あの宇崎ならば。そして若き日からすでにそうした考え方のできる男であったとしたら、欲しいドールのためならその家に火をかけることくらい……」

「平気だったと？」

「違いますか」

「だとしたら、どうなるのですか。今さら罪を問うことなどできるはずもない。あれから七十年近くも経っているのですからね」

「だからこそ、あなたは司法の手を借りることなく、自らの手で断罪することにした」

「次から次へと、面白い話が飛び出しますね」

「面白い？　人の命が二つも奪われて、それが面白いですって」

この世に失われて良い命は無い、そんな言葉を軽々しく口にする気は更々なかった。敢えていうならば、美輪真蔵というこの男の底知れない不気味さが、わたしにその言葉を吐き出させたのである。

「あれは事故だ。警察もその方向で捜査を進めている。不幸な事故。そして不幸な事故に巻き込まれた不幸な命が二つ。それ以上のこともそれ以下のこともない」

「違いますね、美輪さん。少なくとも警察は事故だとは思っていない」

「なんだって？」

「あれは、巧妙に仕組まれた犯罪です」

わたしはそういって、バッグから一冊のムックを取りだした。さる新聞社が数年前に発行した、アンティーク・ドールを特集したものである。

わたしは、付箋《ふせん》を挟んだページを開いて、差しだした。

「ここにすべての答えがある」

ページには、アンティーク・ドールの復刻版を販売する旨の広告が載せられている。

「資金繰りに困っていた宇崎氏に、あなたはこんな計画を持ちかけたのではありませんか。なにもコレクションを売ってしまう必要はない。もっと簡単に資金を手に入れる方法がある、と」

「どのような計画でしょうか。参考までにお聞かせ願えませんか」

「あなたはまず、宇崎氏のコレクションの中から敢えて、ミツコを選び出し、これを競り市に出品することを勧めた」

品物の出元を隠して競り市にかけ、それを美輪が自ら競り落とす。計画はそこから始まったのである。ジュモー工房で特注製造された、日本人少女をモデルにしたポートレート・ジュモーは、それだけでも十分に市場価値がある。そのことを市では隠し通し、後に事実が判明することが、肝要だった。幸いなことに、火事の現場から持ち出されたミツコには、衣服の焼けこげという致命的な欠陥があるから、美輪が三百万という値を付けただけで、簡単に競り落とすことができた。

「けれど、そのことがわたしにはかえって不自然に見えた。あなたが初めから、ミツコの秘密を知っているとしか思えなかったのですよ」

「それから？」

「競り落とされたミツコの秘密が、大々的に新聞を通じて発表される。もしかしたら数千万円の価値が生まれるかもしれないと喧伝することで、例のドールの市場価値を一気に高めた」

けれど、数千万円で売れたとしても、宇崎に必要な資金にはほど遠いし、大切なコレクションが失われることにもなる。それではなんの意味もなかったはずだ。

「だからあなたは、宇崎氏にこういった。別荘の母屋でわざと小火《ぼや》騒ぎを起こし、大切なミツコが焼失したことにしよう、と」

美輪の目が、すっと細くなった。すると、無表情であったはずの彼の目に、初めて違う感情がかいま見えた。怒り、あるいは、殺意である。けれどそのことが、かえってわたしの気持ちを楽にしてくれた。先ほどのムックの広告を指さし、

「復刻版とはいえ、アンティーク・ドールの価格は決して安くはない。これは単なるジュモーの復刻版広告だが、十万以上の値が付けられている。これが、大変な市場価値を持つミツコの復刻版であったら、どれほどの値が付くか。ましてやミツコは焼失して、すでにオリジ

ナルがどこにも存在していないとしたら。仮に三十万の値を付けたとしても、たちまちコレクターからの注文が殺到することでしょう。二千体限定とでも銘打てば、なおさらです」

「…………」

「それだけで六億の収入です。製作原価、広告費用、すべてをさっ引いても宇崎氏の手元には十分な資金が集まることになる。別荘にかけられた火災保険、そうそう、もちろんミツコ本体にも二、三千万の保険をかけておけば、まさに一石二鳥だ。本物のミツコを失うことなく、億単位の資金を得ることができるとあって、宇崎氏は欣喜雀躍《きんきじやくやく》しながら計画に乗ったことでしょうね」

だが、美輪にはもう一つの計画があった。

復刻版のサンプル・ドール三百体分が宇崎の別荘に届けられた夜、やがて懐に入ってくる数億円の資金の前祝いでもやっていたのだろう。酔いつぶれた宇崎とともに、サンプルごと別荘を焼き払ったのである。遺体と共に発見されたサンプルと、本物のアンティーク・ドールとの見分けが、警察につくはずがない。また、それを科学鑑定にかけてみようなどという発想そのものが生まれるはずがないと、美輪は読んでいたに違いない。

「小火騒ぎとはいえ、火災はどう広がるかわからない。念のためにミツコを含めたすべてのコレクションは、あらかじめどこかに移しておいたのでしょう」

美輪の目が、静かに開けられた。引き結んだ唇が、ゆっくりと、

「ああ。都内の某所に隠してある」

そういった。三百体ものアンティーク・ドールを隠すためには、相当のスペースを必要とする。警察が本気で捜査をすれば、さほどの手間をかけずに場所は特定されてしまう。そのことを美輪も悟ったのかもしれなかった。

「サンプルの科学鑑定も、当然警察は行なうのだろうな」

「静岡県警の伊丹という警察官に、そうしてくれるよう指示をしました」

「そうか……すべて手配済み、か」

美輪が、唇に薄嗤いを浮かべた。「完璧だと思ったのだが」と、呟く声が聞こえたが、わたしは敢えて無視をした。

「どうして、旗師の神谷まで巻き込んだのですか」

「あいつは……宇崎の周囲を嗅ぎ廻って、複数の工房にサンプルを発注したのを突き止めた。もちろん工房は信頼の置けるところ……つまりは宇崎の息の掛かったところばかりを選んだから、そこから計画が漏れることはない。だが神谷は違う」

「奴はなんといってきたのです」

「ミツコのサンプルが大量に発注されているのはなぜだ、と」

さらには宇崎が資金繰りに困っていることまでも突き止めた神谷は、美輪の立てた計画に気づいたのである。

「工房には、単にミツコのコピーを作って販売するからといって注文したのでしょう。けれどそれではあまり高値をつけることができない。数十万の値を付けるためにはミツコのオリジナルが、この世から消えてしまわねばならない、と神谷は考えた」

なんのことはない。わたしと同じ発想をしただけのことである。ただし、神谷は実際の火事が起きる前にそれを予測し、自らをグループに加えることを要求したに違いない。そうしたことが平気でできる男だった。

「あのての人種は、この世から消えて無くなった方がいいと、考えた。だから……あの夜、奴も招いて酒を勧め、泥酔させた」

「酷いことを」

「そうだな、確かに酷い。だがわたしに躊躇いはなかったよ。一年ほど前、偶然宇崎のコレクションの中にミツコがあるのを発見したときから、わたしはあいつを殺害することばかりを考え続けた。信じてもらえるかどうかわからないが……ミツコを手にした瞬間、わたしの中にモデルとなった曾祖母・ミツコの悲しみ、苦しみ、怒り、絶望がすべて蘇ったのだよ。そう、それはまさに記憶の転生といって良かった。だから、今もわたしは後悔していない。宇崎は死ぬべき時に死んだ。それだけのことなんだよ」

それだけいうと、美輪真蔵は立ち上がった。

「これくらいで、いいだろうか」

「ええ、わたしは警察官じゃありませんので」

「じゃあ、失礼するよ。やり残したことが二、三あるのでね。警察が来る前に片づけておきたいんだ」

美輪の背中をわたしは黙って見送った。

ドールの記憶が薄れたある日、安積がやってきて「越名さん」と、ニカニカ笑いを浮かべながらすり寄ってきた。

「なんだ、気持ちの悪い」

「これ、見てくんない」

そういって、安積がバッグから取りだしたのは、悪戯好きのネコだって相手にしそうにない薄汚れたソフト・ビニール人形だった。十年ほど前に流行《はや》ったタイプだが、ワンピースの背中には下手くそな字で「あつみ」と、サインまで書いてある。

「最近、こんな人形にすんごい値が付くんでしょ。ねえ、店で引き取ってくれないかな。安くしておくし」

「あのね、安積君。不燃ゴミの日を教えてあげるから、朝九時までに出しておきなさい」

「なによ、それ！　ひっどーい」

その後、乏しい語彙《ごい》を駆使した罵声が続いたが、わたしは相手にしなかった。

日々是好日。いつもと同じく雅蘭堂は、今日も開店休業中。

解説

木田　元

相性《あいしょう》というものは、たしかにある。恋人どうしでも夫婦でも同性の友人間でも、相性のよしあしはある。どこがどうだからとうまく説明はできないが、なんとなく相性がいいということはあるものだ。

ミステリ作家と読者のあいだにも、明らかに相性のよしあしがある。七十年近くミステリを読んできての実感である。相性がわるいと、どれほど評判の名作でもうまくとっつけない。とっつけたとしても、途中で放り出してしまう。読めばそれぞれ面白いと思うが、ほかの作品まで探し出してきて読もうという気にならないというのは、少し相性のいい作家。本当に相性がいいと、一つ読んだが最後、どうしてもほかの作品が読みたくなり、探しまわって、結局全部読みつくしてしまう。新作が出れば、跳びつくようにして読む。さすがにそんな作家はめったにいない。

私のばあい、日本のミステリ作家だと、昔は山田風太郎、陳舜臣、半村良といった作家がそうだった。近ごろでは、逢坂剛、森詠、笠井潔、高橋克彦といった作家たちがそうだ。この人たちのものはあらかた読んでいる。

ここに、ごく最近、北森鴻がくわわった。久しく相性のいい新人作家が現われないのにいらだっていたので、すこぶる相性のいい北森の出現は干天の慈雨――この形容、ちょっとおかしいか――に等しかった。

＊

私の好きな贋作ミステリ（？）らしいと知って、この人の『狐闇《きつねやみ》』（講談社）を読んだのが、去年の秋ではなかったか。店舗を構えず、風呂敷に商品を包んで持ち歩く骨董屋、いわゆる旗師《はたし》の冬狐堂《とうこどう》こと宇佐見陶子《うさみとうこ》を主人公にしたこの作品で、北森鴻にはまってしまい、遡って同じシリーズの『狐罠《きつねわな》』（講談社文庫）を読み、連作集『緋友禅』（文藝春秋）を読んだ。

それからは、止まらなくなった。〈冬狐堂シリーズ〉でも重要な脇役を演じた下北沢の骨董屋・雅蘭堂《がらんどう》が舞台の連作集『孔雀狂想曲』（本書）、やはり〈冬狐堂シリーズ〉に登場した異端の女性民俗学者・蓮丈那智《れんじようなち》が主人公の『凶笑面』（新潮文庫）と『触身仏』（新潮社）、そして宇佐見陶子も蓮丈那智も時たま呑みに寄るらしい三軒茶屋のビアバー・香菜里屋《かなりや》を舞台にした三つの連作集『花の下にて春死なむ』（講談社文庫）、『桜宵』『螢坂』（共に講談社）、あとは単発物になるが、順不同に、『メビウス・レター』（講談社文庫）、『闇色《あんしよく》のソプラノ』（文春文庫）、『親不孝通りディテクティブ』（実業之日本社）、『顔のない男』（文春文庫）、『メイン・ディッシュ』（集英社文庫）、『共犯マジック』（徳間文庫）、『蜻蛉始末』（文春文庫）、

『支那そば館の謎』(光文社)と読みあさった。『狂乱廿四孝』(角川文庫)だけは、本屋・古本屋ではどうしても探し当てられず、近くの市立図書館でやっと見つけて読んだ。これで読みつくしたかと思ったが、著作年表を見ると、『屋上物語』(祥伝社文庫)と『冥府神《アヌビス》の産声』(光文社文庫)と『パンドラ'Sボックス』(光文社)の三冊を読み残しているらしい。それでも、半年ほどのあいだにあらかた読んでしまったのだから、よほど相性がいいと言うべきだろう。

＊

では、北森鴻の魅力はどこにあるのか。

まず、北森鴻は人物の造型が実にしっかりしている。〈冬狐堂シリーズ〉の宇佐見陶子にしても、その相棒の横尾硝子《よこおしょうこ》にしても、〈民俗学シリーズ〉の蓮丈那智にしても、その助手の内藤三國《みくに》にしても、〈香菜里屋シリーズ〉のマスター・工藤哲也にしても、〈雅蘭堂シリーズ〉の越名集治《こしなしゅうじ》にしても、アルバイト店員の長坂安積《ながさかあつみ》にしても、みな個性がはっきりしていて、連作物などつづけて読んでいると、どこかで生身《なまみ》で会ったことがあるような気がしてくる。

しかも、北森の作品では、バルザックの「人間喜劇」のように人物再出方式がとられているので、〈冬狐堂シリーズ〉に雅蘭堂店主・越名集治が顔を出したり、民俗学者・蓮丈那智が登場したりして、思いがけない対面を果たし、懐しい思いをさせられる。

北森鴻は、短篇でも長篇でも、実にキチンとしたプロットを立てる。だから、話がかなりこみ入ってきても、安心して読んでいられる。それに落ちがキパッと決まる。よほど頭がいいのかもしれない。

おまけに、北森鴻の作品には、料理や酒の話がふんだんに出てくる。食いしんぼの私にはこれがたまらない。ビアバーが舞台の〈香菜里屋シリーズ〉では当然のことだが、ほかの作品でも機会があれば出し惜しみをしない。〈香菜里屋シリーズ〉でのレシピの紹介など念が入っている。一品一品に唾を飲む。濃度の違う四種類のビールというのも、ぜひ呑み分けてみたい。よほど三軒茶屋までこのビアバーを探しにいこうかと思ったが、巻末にレシピの考案者の名前が挙げられているから、どうやら香菜里屋は架空の店らしいと諦めた。

料理やカクテルのレシピと同様に、贋作ミステリでの贋作の技法にしてもその見破り方にしても、描き方が実に丁寧である。なにを書くにも、調べぬいていいかげんにすまさない職人芸に、私は惹かれているのかもしれない。

しかも北森鴻は、〈冬狐堂シリーズ〉〈民俗学シリーズ〉〈香菜里屋シリーズ〉〈雅蘭堂シリーズ〉と、それぞれをまるで違った色調で描いてみせる。その書き分けはみごとと言うしかない。こんなにいろいろな作風を使い分けてみせる作家は、これまで逢坂剛くらいしかいなかった。

＊

ところで、本書『孔雀狂想曲』だが、これは下北沢の〈趣味骨董〉の店、雅蘭堂を舞台にした八篇から成る連作集である。まだ一冊めであるが、書き継がれて〈雅蘭堂シリーズ〉を形成することになる最初の一冊だと思われる。

店主は越名集治。骨董屋とはいうものの、美術品などほとんどなく、古家具や古民具が主体の古道具屋である。

冒頭の「ベトナム ジッポー・1967」でライターを万引しようとして越名につかまりかけた女子高生・長坂安積が、なにが気に入ったのか押しかけアルバイト店員として居ついてしまい、店番を買って出る。この安積と越名のかけあい漫才のようなやりとりが、この連作の基調をなしている。

たとえば、越名が安積に店番を頼んで床屋にいくが、急に不安に襲われて、髭そり途中でもどってみると、安積が同じ年ごろの少女にポスターを手渡そうとしている。

「安積くん、それはどうしたのかな」

「ああこれ、友達の真奈美《まなみ》がさあ、欲しいっていうから。だってこんな古くさくって、だっさいポスターだモン。三千円で十分だよね。本当は二千円でもいいかとも思ったけど、越名さんも喜ぶと思ってエ」

実はこの「だっさいポスター」、アンディ・ウォーホルのオリジナル、六十万円でさえ売らなかった品物である。

「いいかい。これは三千円では買えない美術品なんだ」

「ええっ、うっそだぁ〜!」

と、こんな調子だ。

本書を構成する八篇の連作、どれも骨董品をめぐって事件が起こり、越名集治の推理で解決されるのだが、話の組立てがそれぞれに凝っている。

「ベトナム ジッポー・1967」は題名のとおり、ベトナム戦争終結後日本にも流れこんできた米軍兵士たちの使ったオイルライター「ジッポー」をめぐる話。こうした中古ライターも雅蘭堂の取扱い商品の一つだが、かつてルポライターとしてサイゴンに駐在したことのある祖父にプレゼントしようとして、安積がこのライターを万引しかけたところから話がはじまる。

「ジャンクカメラ・キッズ」のジャンクカメラとは、壊れたカメラのことだそう。もう交換部品もなく修理のしようもないが、その部品を器用に使って別のカメラを再生させようというマニアが買っていく。店先のワゴンに積んであるそのジャンクカメラが犯罪に利用されようとは。

「古九谷焼幻化」は、金沢を舞台にした業者どうしの騙し合い。骨董業界では、「悪い噂」が決して非難中傷だけを意味するわけではなく、それは遣り手だということでもある。その悪い噂のある犬塚晋作と越名とのあいだで業界での信用を賭けた死闘が展開される。

本書の表題にもなった「孔雀狂想曲」とはいったいなんだろうと思っていたら、これは孔雀石(藍銅鉱)の入った鉱物標本が話のタネ。こんなものまで骨董屋が扱うとは思わなかった。これをめぐってどんな事件が起こるのか。

「キリコ・キリコ」は、江戸切子細工の酒瓶がテーマ、「幻・風景」は、一枚の風景画をめぐっての、これまた同業者犬塚との騙し合い。この業界、油断も隙もあったものじゃない。「根付け供養」は、根付けの贋作騒ぎ、根付けについてのペダントリーが楽しい。「人形転生」は、ビスク・ドールが主役の復讐譚。

どれも、ひとひねりもふたひねりもした凝った造りの話である。そのくせ重くない。後味もいい。この連作に限らない。北森鴻の作品は、一つひとつが趣向を凝らして念入りに仕上げられているが、どこか軽みがあって、後味がわるくない。読者も存分にお楽しみいただきたい。きっと病みつきになると思うよ。

（哲学者）

初出誌『小説すばる』

ベトナム ジッポー・1967　一九九九年五月号
ジャンクカメラ・キッズ　一九九九年九月号
古九谷焼幻化　二〇〇〇年二月号
孔雀狂想曲　二〇〇〇年五月号
キリコ・キリコ　二〇〇〇年九月号
幻・風景（「殺・風景」を改題）　二〇〇一年二月号
根付け供養　二〇〇一年五月号
人形転生　二〇〇一年八月号

この作品は二〇〇一年十月、集英社より刊行されました。

集英社文庫

孔雀狂想曲《くじゃくきょうそうきょく》

2005年1月25日 第1刷

定価はカバーに表示してあります。

著 者 北《きた》森《もり》 鴻《こう》

発行者 谷山尚義

発行所 株式会社 集英社

東京都千代田区一ツ橋2—5—10

〒101-8050

電話 03（3230）6095（編集）

（3230）6393（販売）

（3230）6080（制作）

印 刷 凸版印刷株式会社

製 本 加藤製本株式会社

Printed in Japan

ISBN4-08-747780-0 C0193